KB053793

계속할까말까할까말까영상

계속할까말까할까말까영상

초판 1쇄 발행 2021년 11월 12일

지은이 임솔이
펴낸이 박유상
펴낸곳 빈빈책방(주)
편 집 배혜진 · 정민주
디자인 박주란

등 록 제2021-00186호
주 소 경기도 고양시 덕양구 중앙로 439 서정프라자 401호
전 화 031-8073-9773
팩 스 031-8073-9774
이메일 binbinbooks@daum.net
페이스북 /binbinbooks
네이버블로그 /binbinbooks
인스타그램 @binbinbooks

ISBN 979-11-90105-34-7 03810

계속할까말까할까말까영상

지은이 **임솔이**

차 례

#01 레디-액션!

#02 잠시, 숨 고르기

#03 프리랜서의 밥벌이

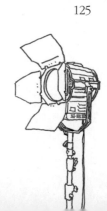

답을 구할 수 있을까?

● REC

─────────────────────

레디-액션!

시작은 1박 2일

KBS 대표, 한국 대표 예능 프로그램 〈1박 2일〉의 지미집 카메라가 내 인생을 바꿨다. 바꿨다고 하면 지미집 감독님이 부담을 느끼실 수도 있으니 '상당한 영향을 주었다'로 고친다. '방송국에서 일하는 사람이 되고 싶다. 저기 재밌겠다!'는 생각의 씨앗을 심어준 한 장면이 〈1박 2일〉에 있었다.

〈1박 2일〉 초창기 '레전드' 라고 꼽히는 에피소드 중에 전 스태프가 출연자들과의 대결에서 져서 야외 취침을 했던 편이 있다. 얼마나 초창기냐면 방송 화면 비율이 4:3이던 시절이다. 요즘에는 과거 자료화면이 나올 때나 볼 수 있는 정사각형에 가까운 좁은 화면 크기. 2010년 이후로는 자취를 감춘 오래된 화면 속에서 나영석 피디가 전 스태프의 취침 자리를 두고 출연자들과 딜을 한다. 그러자 항상 출연진을 향해 있던 모든 카메라가 웅성웅성 술렁이는 제작진들의 얼굴을 비추었다. 지미집 카메라는 이때 그 높은 키의 진가를 발휘해서 시청자가 보는 화면 바깥에 얼마나 많은 스태프가 있는지를 한눈에 보여줬다.

놀랐다. 그전까지 시청자인 내가 방송을 보고 확인할 수 있는 스태프의 존재는 한정적이었다. 세상에서 가장 얄미운 "땡!"을 외치며 신나하던 나영석 피디와 옆에서 박장대소를 하던 작가진, 2021년에도 〈1박 2일〉의 '국제심판'으로 활약하고 있는 권기종 조명 감독, 출연진들이 언급할 때마다 수줍게 웃거나 숨기 바빴던 스타일리스트와 매니저들이 내가 아는 제작진의 전부였다. 그런데 알고 보니 카메라를 든 사람만 족히 열 명이 넘었다. 당시에는 무슨 일을 하는 사람들인지 몰랐던 오디오 팀, 조명팀, 현장 진행팀, 연출팀, 작가진, 소품팀 등 수십 명이 현장에 있었다. 그동안 꾸준히 봐왔던 〈1박 2일〉 중에서 가장 강렬한 장면이었다. 출연진 수의 수십 배에 달하는 사람들이 하나의 프로그램을 만들기 위해서 카메라 뒤, 조명 뒤에서 분주하게 각자의 일을 하며 반짝이고 있는 모습.

스태프들은 혹시라도 게임에서 져서 야외 취침을 하게 되면 어떡하냐는 앓는 소리를 내면서도 웃고 있었다. 내 기억에 의하면 정말 그랬다. 그 모습이 어이가 없어서 나도 따라 웃었다. 우려가 현실이 되었을 때도 낙담과 불평보다는 빠른 적응을 택하는 모습은 진정 '즐기는 자'의 것이었다. 현장에는 심지어 비가 내리기 시작했다. 출연진이 제작진을 걱정하는 와중에도 그들은 몸을 덮고 가리고 잘 수 있는 것이라면 무엇이든 챙겨와서 빠르게 자리에 눕기 바빴다. 다음 날 아침, 그러니까 몇 시간 잠깐 눈 붙이고 나면 시작될 다음 촬영을 대비하기 위함이었다. 한밤중 빗속을 휘저으며 잘 준비를 하고 잠을 청하는 거대한 무리.

일종의 '덕통사고'였던 걸까? 멋있었다. 화면에 담긴 모든 사람이 멋있어 보였다. 어떤 모습이 멋있어 보였냐고? 그냥 멋있었다니까. "프로페셔널이란 이런 것이다!" 또는 "피할 수 없다면 즐겨라!" 같은 설명을 붙일 필요도 없는 생생한 직업의 세계. 그러곤 나를 사로잡은 생각. 나도 저곳에 있었으면 좋겠다!

"언제부터, 왜 영상 만드는 일을 하고 싶다고 생각했어?" 새 학기가 시작될 때마다 희망 진로를 적어내야 했던 고등학생 때, 언론사 입사에 도전하며 자기소개서 지원동기를 쓰던 취준생 시절, 서른이 된 지금도 나의 답은 항상 같다. 〈1박 2일〉 촬영 현장 전체를 담았던 지미집 부감 컷이 보여준 것들 때문이다.

그 장면은 바닷가 조감도 같기도 했다. 해변은 캔버스의 오분의 일 정도에 불과하고 바다가 주인공인 화면 구성. 내가 주목한 것은 모래사장에서 신나게 노는 피서객들이 아니었다. 그들이 풍광을 마음껏 즐길 수 있도록 다채로운 모습으로 존재하는 바다에 더 눈길이 갔다. 바다가 있어야만 해변의 사람들이 즐거울 수 있다고, 하나의 풍경이 완성되는 것이라고 생각했다.

PD가 되고 싶은데요

지금 생각해보면 왜 오매불망 PD가 되기만을 바랐던 건지 의문이다. 방송국에서 일하는 직업이라면 기술직도 있고 작가도 있는데. 돈도 더 많이 벌고 인기도 누릴 수 있는 출연자가 되는 방법을 고민해 보았어도 꽤 괜찮았을 텐데. 대학 전공을 선택할 때까지만 해도 방송 직군에 대한 전체적인 이해도가 낮은 상황이었다. 접할 수 있는 정보가 가장 많은 직무가 PD라는 단순한 이유에서 PD가 되기를 꿈꿨던 것 같다. 촬영 감독이나 오디오 감독, 편집 감독이 되려면 어디서 어떤 공부를 해야 하는지 아는 게 전무하기도 했다. 알려줄 수 있는 사람이 주변에 없었던 것도 큰 이유였다. 그리고 시작된 언론고시 방황의 1년.

학교에 꾸려진 언론고시반에 들어갔다. 인원은 10명이 채 안 됐다. 그중에 방송사 시사교양 PD를 희망하는 사람은 나뿐이었다. 다른 친구들은 모두 기자 지망생이었다. '언론고시 준비반'이라는 이름은 거창했지만 실상은 '관심사 비슷한 애들끼리 모여서 공부해 봐라, 공부방 마련해 줄게' 수준이었다. 방송사와 신문사의 입사 시험은 시사상식 테스트, 논술, 작문, 기사 또는 기획안 쓰기 시험으로 이뤄져 있다. 글을 잘 쓰는 능력이 가장 중요했다. 그런데 지도교수님은 글쓰기 능력을 어떻게 키우는지 알려주지 않았고 내 글에 피드백해주지도 않았다. 그곳에서 내가 얻은 건 합격하는 자기소개서에 관한 참고자료 정도였다. 교수님이 도움은 안 주시고 부담만 주시기에 두어 달 참여하다가 나왔다. 결국 준비는 각자 하는 것이라고 느꼈다.

언시생(언론고시생) 사이에 꽤 알려져 있었던 교육기관 중에 프런티어 저널리즘스쿨이 있었다. 이곳에서 공부하고 최종합격한 사람이 많다는 말에 솔깃했다. 여러모로 큰 도움을 받을 수 있다고 들어서 지원 서류를 내고 면접을 봤다. 2대 2 면접이었다. 내 옆자리 지원자가 PD가 되고 싶은 이유를 얘기하던 도중에 갑자기 펑펑 울기 시작했다. 면접관들의 호기심과 시선은 모두 그에

게로. 나의 집중력도 그에게로! 실시간으로 들러리가 되고 있다고 느꼈다. 면접에서 우는 건 최악의 경우라고 생각했기 때문에 그분은 물론이고 별다른 인상을 남기지 못한 나도 탈락할 것 같다고 생각했는데 그분만 합격했다. 인생이란.

신촌에 있는 한겨레교육문화센터는 독학을 선택한 언시생이 아니라면 아마 한 번은 다녔을 곳이다. 나는 그곳에서 작문 및 논술 수업과 기획안 쓰기 수업을 수강했다. 두 수업 모두 나에게는 상당한 공포였고 스트레스였다. 글쓰기와 기획안 작성 모두에 자신이 없었는데 수업마다 공개 첨삭이 이뤄졌기 때문이다. 공개 처형당하는 기분이었다고 하면 오버하는 것 같겠지만 진짜 그랬다. 게다가 수업 시간이 두렵고 힘들기만 할 뿐 발전이 없다는 생각에 더 힘들었다.

한번은 당시 좋아했던 배우 박보검 인터뷰에서 읽은 한 문장을 글에 인용했다. 선생님은 약간의 비웃음과 함께 '글에 연예인 얘기를 쓰면 글이 어려 보이므로 지양해야 한다'는 피드백을 해줬다. 내가 인용한 문장에 문제가 있다기보다는 내가 쓴 글의 다른 부분에 부족한 점이 있었다고 생각한다. 그런데 받은 피드백이라고는 저것뿐이었다. 그러니 나는 같은 날 같은 선생님이 합격

작문 예시로 보여줬던 가수 아이유를 주요 소재로 한 글을 읽으며, 아이유는 되는데 박보검은 안 되는 이유 따위를 고민할 뿐이었다.

다음 카페 아랑은 방송사, 언론사 입사를 꿈꾸는 이들이라면 가입은 해 놓는 커뮤니티다. 나는 모든 스터디 그룹을 이곳에서 구했다. 아침 기상 스터디(9시 전까지 공부할 것을 챙겨서 집 밖에 나갔다는 걸 사진 찍어 인증해야 했다), 신문 읽기 및 요약 스터디(나는 경향신문 일주일 치 요약을 맡았다), 온라인 작문 스터디, SBS 필기 대비 단기 스터디 등. 규칙을 지키지 못하거나, 마감 시간까지 과제를 제출하지 않으면 벌칙으로 편의점이나 카페 기프티콘을 팀원에게 보내야 했다. 당시 나는 스터디 미션과 과제보다 도서관이나 카페에서 공부하기 위해 내야 했던 밥값, 커피값, 교통비가 부담이었다. 버는 돈이 전혀 없는 학생이었기 때문이다. 그래서 스터디원들이 벌칙으로 보내주는 기프티콘이 쏠쏠한 도움이 됐다.

지금 생각하면 스터디 그룹에 참여한 사람들의 실력은 고만고만했다. 스펙도 다 거기서 거기였던 것 같은데 그중에서도 꼭 '저분은 잘해, 저분은 합격할 것 같다'고 여론이 형성되는 사람이 있었다. 지목된 당사자도 그렇게 여기는 것 같았다. 아쉽게도 나는 필기 합격 가능성

17

이 희박해 보이는 쪽에 속했다. 논술, 작문 실력이 쉽게 늘지 않았다. 더 큰 문제는 나아지고 있는지 확인할 방법이 없다는 것이었다. 언론사 채용에 딱 들어맞는 글이 당최 무엇인지 감을 잡을 수 없었다. 공부하는 내내 힘이 안 났다.

지상파 3사와 CJ E&M, 경향신문과 한국일보, 뉴스타파 채용에 지원했다. 서류전형에는 모두 합격했으나 필기시험에서 떨어졌다. 자기소개서만 용케 잘 썼었나 보다. 보통 필기시험 문제는 고사장을 나옴과 동시에 잊어버리곤 했는데 아직 기억나는 문제들도 있다. SBS 시사상식 시험에서 12지신에 해당하는 동물을 순서대로 쓰는 문제가 출제됐다. 나는 내가 열두 동물의 순서를 모르는 줄 몰랐다. 자축인묘진사오미신유술해. 이건 알았는데. 내가 92년 원숭이띠라서 '신'이 원숭이인 것까지는 알았는데. 엄마가 58년 개띠, 오빠가 87년 토끼띠라는 걸 떠올리며 계산을 좀 해보다가 결국 때려치웠다. 이 시험에 합격한 사람은 아마도 '역시 피디는 잡다하게 많이 알아야 해'라고 생각했겠지만 나는 떨어졌으니까 '도대체 저걸 왜 알아야 해?' 하고 구시렁댈 뿐이었다.

CJ E&M에서 취준생활 처음이자 마지막으로 인 ·

적성 시험을 봤다. 인·적성 전형에서 떨어진 후에 기가 죽지는 않았고 어이가 없었다. 내 인성이 뭐가 문제지? 내 적성이 뭔지 나도 잘 모르겠는데 이 종이 시험지 '따위'가 뭘 알 수 있나? 이렇게 쓰고 보니 인성에 문제가 있어 보인다. 그리고 내가 몇 번의 조직생활을 버티지 못했던 경험에 비추어 다시 생각해보니, 그 인·적성 테스트는 꽤 믿을만한 것이었을지도 모르겠다.

경향신문 필기시험은 동국대에서 치렀다. 경향신문 사진기자가 내가 속한 고사장 사진을 찍어갔다. 다음에는 동료로 만났으면 좋겠다는 말도 남겼다. 그동안 치른 필기시험 중 가장 잘 쳤다고 생각한 시험이었다. 그러나 내가 경향신문에 남긴 것은 검은 정수리 사진 한 장뿐이었다. 시험 다음 날 신문에 실린, 시험지를 보느라 고개 숙이고 있어 나만 알아볼 수 있는 내 머리통 사진. 그때가 경향신문의 첫 영상 PD 채용이었다. 딱 한 명을 뽑은 것으로 기억한다. 수백의 지원자 중 합격자는 단 한 명뿐이었다.

시험을 치르고 나올 때마다 기분이 참 이상했다. 고사장에서 몰려나오는 사람의 수는 수능을 마치고 나왔을 때보다도 많다고 느꼈다. 이렇게 많은 사람이 채 다섯 손가락도 안 되는 인원을 뽑는 채용에 도전하고 있구

나. 이 사람들 사이에서 나는 얼마나 경쟁력이 있는 걸까? 자신이 없었다. 게다가 필기시험을 통과하고 나서도 두세 번의 면접 전형과 인턴 기간이 있다고 하니 아찔했다. 최종면접에 가서는 결국 SKY 출신을 뽑는다는 얘기도 나를 점점 작아지게 했다. 나는 합격을 바란다면서도 '어차피 안 될 것'이라고 체념하고 있었던 것 같다.

조연출을 뽑습니다

지지부진한 날의 연속이었다. 언론고시 준비보다 차라리 수능 공부가 더 재밌을 것 같다는 생각이 들 정도였다. 적어도 수능은 시험을 보면 내가 뭘 모르고 아는지 확실히 보이니까. 몸은 책상에 있지만 마음은 콩밭에 가 있는 시간만 자꾸 늘었다.

미디어 직군 전문 채용 사이트에서 한 방송사의 다큐멘터리 제작 팀원 모집 공고를 봤다. '조연출을 뽑습니다.' 방송사들은 공채로 일 년에 두세 명의 신입 피디를 뽑는다. 그리고 거의 모든 프로그램이 필요할 때마다 2년 파견계약이나 프리랜서 고용 형태로 조연출을 뽑는다. 제작 실무와 현장이 궁금했던 나는 망설임 없이 그간 제작했던 영상들을 정리하고 자기소개서를 새로 써서 지원했다.

방송국 1층 로비에서 만난 내 인생 첫 선배 피디님은 포트폴리오를 보니 영상을 잘 만든다고 칭찬을 해주시더니, 왜 이 일을 하고 싶은지 물으셨다. "제가 카메라에 담은 이야기로 사람들과 소통하는 것이 즐겁습니다. 영상을 통해 세상에 꼭 알려져야 하는 목소리를 키워주는 역할을 할 수 있다는 것에 보람을 느껴서 더 잘하고 싶습니다." 지원동기의 교과서 같은 식상한 답에도 피디님은 고개를 끄덕이셨다. 문제는 다음이었다.

"수학 좋아합니까?"

예? 수학이요? 고등학교 1, 3학년 담임 선생님이 수학 담당이었지만 수포자가 되어버린 사람이 바로 나. 재수하는 것도 서러운데 교과과정이 바뀌어 미적분을 새로 공부해야 했고 결국 수리영역 망친 사람이 바로 나. 그런데 수학을 좋아하냐고 물어보다니. 그때서야 내가 지원한 팀의 다큐멘터리 주제가 '수학'이라는 걸 알았다. 도망쳐야 하나. 도대체 수학은 왜 자꾸 내 인생에 나타나는가. 운명인가. 이번에는 내가 잘 할 수 있을까. 나는 수학에 고통받은 기억밖에 없다고, 왜 그렇게 깊이 어렵게 배워야 하는지 모르겠다고 솔직하게 말씀드렸다.

"같이 합시다."

수학이 너무 싫다고 했는데 합격하다니. 그렇게 나는 반년 넘게 우리나라 수학 교육에 관해 관찰하고 고민하는 시간을 보냈다. 방송이 끝난 지 한참 됐지만 여전히 수학은 내 인생의 미스테리다.

면접 날이 곧 첫 출근 날이었다. 면접이 끝날 즈음 피디님은 내게 오늘 시간 여유가 있는지 물었다. 저 안 바쁩니다. 피디님은 나를 인터뷰 촬영장에 데려갔다. 촬영은 잠깐이었고 그날 처음 뵌 촬영감독님과 촬영 부사수, 피디님과 김치찌개를 먹고 집에 돌아왔다. 나의 방송국 조연출 생활은 그렇게 시작됐다.

조연출이란 무엇인가. 연출은 두 글자. 조연출은 세 글자. 한 글자 더 붙었기 때문에 일도 더 많다. 내가 방송국에서 조연출밖에 안 해봤고, 밖에서도 조연출을 둔 연출이었던 적은 없기 때문에 조연출은 일이 많은 것이 맞다.

조연출은 모든 일을 한다.

기획 단계에서 취재작가들과 함께 자료 조사를 하고, 섭외 전화도 돌린다. 회의 자료를 준비하고 커피와 간식도 사온다. 결제는 법인카드로, 포인트 적립은 조연출 번호로. 언제 어디서나 맛있는 식사와 간식을 넉넉하게 준비하는 것이 조연출의 미덕이다. 그렇다고 제작비를 낭비하면 안 되고, 남은 것을 버릴 때 죄책감을 느낄 정도로 준비해도 안 된다.

조연출이 할 줄 아는 게 많으면 그만큼 일거리도 늘어난다. '어쨌든 우리 중 유일하게 네가 포토샵을 다룰 줄 안다'는 이유로 프로그램 출연자 모집 포스터를 만든 적이 있다. 저 디자인 전공 아닌데요라는 말은 입 밖으로 낼 생각도 못 했다. 촬영에 쓰일 문서자료, 예를 들면 설문지를 직접 만들고 배포하고 분석한 적도 있다. 미술팀의 도움을 받지 않는 경우에는 촬영에 쓰일 소품을 직접 만든다. 인쇄하고, 자르고, 붙이고, 코팅하며 새벽까지 소품 만들 때 작가 친구랑 '방송일'의 범위는 어디부터 어디까지일지를 진지하게 고민하는 시간을 가졌다. 소품을 자체 제작하느라 고생한 기억은 소품이 방송에 쓰인 걸 두 눈으로 확인하는 순간 의미 있었던 시간으로 탈바꿈한다.

촬영 날 조연출은 짐 싣고 사막을 이동하는 낙타가 된다. 치타처럼 빠른 낙타. 카메라, 마이크, 삼각대, 메모리 카드, 리더기, 노트북, 각종 준비물(대본, 인터뷰 질문지 등)을 짊어지고 다닌다. 이 일을 반복하다 보면 어깨가 아작나는 체험을 할 수 있다. 그래도 나는 여대를 다니며 친구들과 아무리 무거운 장비여도 남과 남성의 도움 없이 끌고 다니며 단련한 근육 덕을 좀 봤다. 조연출에 게 초록색 카트의 존재는 축복이다. 초록색 카트를 완전 히 펼치면 자음 ㄴ 모양이 된다. 흰색 손잡이에 초록색 상판, 바퀴 네 개. 발명한 사람이 누군지는 몰라도 행복 하셨으면 좋겠다. 그 카트에는 무엇이든 다 실을 수 있 다. 게다가 끌 때마다 덜덜덜 요란한 소리를 내기 때문 에 굳이 "잠시만요, 장비 지나가겠습니다"와 같은 말을 할 필요도 없다. 바로 길이 열린다. 제작팀마다 초록색 카트에 큼지막하게 팀명을 써둔다. 카트를 허락 없이 가 져가면 반드시 나쁜 일이 생긴다고 저주하는 내용이 담 긴 창의적인 문구를 붙이는 경우도 많다. 그럴 만한 카 트다.

촬영이 시작되면 조연출은 그때그때 필요한 것을 준 비하거나 촬영 내용을 틈틈이 메모하느라 바쁘다. 촬영 일지를 써두면 후반 작업 단계에서 피디님과 작가님이 편집구성을 하는 데 도움이 된다. 내가 속했던 팀은 워 낙 장기간 촬영을 했기 때문에 언제, 누구를 찍었고 포 인트가 무엇이었는지 틈틈이 확인할 수 있는 자료가 필 요했다. 방대한 양의 파일을 다 들춰볼 수 없기 때문이 었다. 촬영일지를 안 쓰는 경우도 많다. 주 1회 촬영하고 한 회차에 다 내보내는 예능이라면 필요 없지 않을까?

"이번 촬영 어땠던 것 같아?" 부장급 피디님이 오랜만에 촬영 현장에 오셨다가 던지는 질문에 초반에는 적잖이 당황했다. 솔직히 촬영이 문제없이 잘 끝났으니 됐다는 생각과 얼른 회사에 복귀해서 파일을 백업할 생각밖에 없었기 때문이다. 하지만 시간이 지날수록 점점 능글능글해지기 마련인 조연출에게는 피디님들이 던지는 질문의 함의를 파악하는 짬이 생긴다. 저 질문은 내 의견을 진지하게 물어보는 것이 아니다. 요새 일 잘하고 있냐? 수준이다. 네에, 오늘도 아주 좋았는걸요?

촬영 스케줄, 큐시트에 맞게 출연진과 제작진의 동선을 정리하고, 차량 배차를 관리하는 등 현장 통제와 지원을 담당하는 것이 FD의 일이다. FD가 없는 장기 촬영은 야외든 스튜디오든 장소와 관계없이 조연출에게 최악의 현장이다. 한번은 출연진과 제작진 포함 50여 명이 참여하는 4박 5일 야외 촬영 스케줄이 있었다. 특이사항? FD 없음. 나는 첫 촬영 반나절 만에 카메라 감독님들로부터 "너 왜 얼굴이 잿빛이 됐냐?"는 말을 들었다. 출연자 관리, 피디님들과 작가님들이 시키신 일, 카메라와 오디오 감독님들이 처리해 달라고 한 일들을 다 해야 했다. 촬영장에 물품 배송하러 오셨던 택배기사님께 차량이 지나가서는 안 되는 타이밍이니까 제발 지금 출발하지 말아 달라고, 5분만 기다려달라고 사정하는 일도 동시에! FD는 프로그램의 규모가 크면 클수록 정말 꼭 필요한 빛과 소금 같은 존재다. FD가 있어야 조연출도 산다. 한이 맺혀서 길게 얘기해 봤다.

회사로 복귀하면 모두 곧장 퇴근하지만 조연출은 회사에 남는다. 촬영 파일 백업과 변환, 영수증 정리가 남았기 때문이다. 모든 방송인의 복지를 위해서 촬영하면 그 자리에서 바로 회사 서버에 파일이 저장되는 기술이 더 적극적으로 도입되어야 한다. 실내 스튜디오에는 이러한 시스템이 구축된 곳도 있지만 야외 촬영 현장은 아직이다. IT 강국 한국은 해낼 것이라 믿는다.

편집 시기가 되면 오케이 컷을 모으고, 피디님이 요청한 편집을 한다. 장르마다, 프로그램의 규모마다 조연출이 편집에 참여하는 정도가 크게 차이 나는 것으로 알고 있다. 편집은 연출부의 고유 영역이기 때문에 조연출이라면 가능하면 많이 참여해보고 싶은 마음을 갖는 것이 당연하다. 그동안 회의하고 촬영했던 것들이 영상의 언어로 흐름을 갖고 배치되는 것, 연출부의 색깔이 입혀지는 과정은 매우 흥미롭다. 편집에 탁월한 능력을 보이는 조연출은 PD가 아닌 편집감독의 길을 가기도 한다.

나는 인터뷰 오케이 컷을 모으고, 다음 회차 예고를 만들었다. 특수편집(CG) 감독님께 CG 요청 사항과 함께 파일을 넘길 때에도 신경을 정말 많이 썼다. 편집구성안에 참고 영상도 첨부하고 손 그림도 그려봤다. 분량은 짧지만 방송에 내 생각과 색깔을 입힐 수 있는 기회였기 때문이다. 최종 결과물이 방송될 때, 시청자는 누가 편집했는지 신경 쓰지 않지만 나는 그야말로 데뷔한 기분이 든다. 방송이 끝나면 내가 편집한 부분만 잘라서 보관했다. 편집 업무가 연출부에 갖는 의미는 정말 크다.

제작비 정산이 남았다. 수북이 쌓인 영수증과의 전쟁을 치러야 방송 한 편 제작이 완전히 끝난다. 이 시기에 엑셀 실력이 가장 많이 늘었다. 품의를 올려 제작에 참여한 여러 외주 업체에 비용을 보내야 한다. 프리랜서로 프로그램에 참여하는 피디님의 연출료, 작가진의 원고료도 조연출이 품의를 올려야 지급된다. 방송이 나가기 직전까지 쓸 수 있는 남은 제작비는 얼마인지도 틈틈이 잘 정리해 둬야 한다. 피디님들은 예고 없이 불쑥불쑥 남은 제작비 따위를 물어보니까.

그러니까…,

우리 모두 조연출을 소중히 하자.

도망가지 않도록 잘해 주어야 한다.

길 위의 인생

촬영 차량 조수석은 조연출의 자리다. 조연출은 기사님께 목적지와 스케줄을 말씀드리는 내비게이션이자 고속도로 통행료를 넘겨드리고 영수증을 챙기는 지갑이다. 졸음 방지 껌이나 에너지 드링크를 사다 드리거나 말동무가 되어 졸음을 쫓아내는 참새 역할도 한다.

나는 사람을 대할 때 긴장도가 높은 편이었다. 특히 일하면서 만나는 나보다 나이 많은 사람, 부모님 연배의 분들을 대하는 것이 항상 너무 어려웠다. 그분들이 나를 잡아먹을 것도 아니고, 딱히 혼날 일도 없는데 지레 겁을 먹곤 했다. 처음에는 차량 기사님과의 관계도 굉장히 걱정이 되었다. 일반화할 수는 없지만 제작팀의 이동과 안전을 홀로 책임져야 하는 기사님들은 까칠하신 경우가 많았기 때문이다. 그러나 꽉 막힌 도로 위에서 온몸이 피곤한 운전석의 기사님과 조수석의 조연출은 회사 무사 복귀를 위한 일종의 운명공동체다. 그래서 '우리'는 가까워지지 않을 수 없었다. 외부 촬영에 자주 동행해주셨던 한 기사님과는 〈로드 인터뷰-길 위의 인생〉 비슷한 것을 찍은 것 같다.

피디님, 카메라 감독님, 촬영 부사수에게는 촬영을 마치고 차에 타면 회사에 도착하기 전까지가 쭉 휴식 시간이다. 출발하고 얼마 안 있어 뒷자리에서는 코골이 소리가 난다. 그때부터가 기사님과 조연출의 시간이다. 초반에는 기사님도 나도 서로 친하지 않았기 때문에 프로그램 얘기, 다음 휴게소에서 쉴지 말지, 식당은 어디로 갈지 정도의 이야기만 나누었다. 더 이야기를 나누기 전에 촬영장이나 회사에 도착하곤 했다.

시간이 지날수록 대화 주제가 넓고 깊어졌다. 장거리 이동일 때 특히 그랬다. 기사님은 젊었을 적에 무엇을 공부하고 어떤 일을 하셨었는지, 자제분들은 무얼 하고 지내는지, 요즘 기사님의 고민에 관해서도 이야기했다. 나도 우리 집 할머니, 부모님, 고양이 얘기를 술술 했다. 어느새 어릴 때 살았던 아파트의 재건축이 시작되었고 그 동네 집값이 장난 아니라는 얘기까지 하고 있었다. 일할 때 어려운 부분에 대해서도 속닥속닥.

　기사님과 이야기를 나누면서 '지금 내가 하는 고민이 절대 이 지구에서 나만 겪는 문제는 아님'을 깨달은 것이 내게 큰 위로와 응원이 되었다. 방송 업무에 잔뜩 긴장해서 몸도 마음도 축나고 있었던 나에게 기사님은 칭찬을 쏟아부어 자존감을 꽉꽉 채워 넣어 주셨다. "내가 차량실에다가 다큐팀 조연출이 진짜 일 잘한다고 소문 다 내놨다" 기사님의 이 말씀은 일을 하는 동안 동료들에게 받았던 긍정적인 코멘트 중에서도 가장 감사했다. 과장을 약간 보태서 눈물이 핑 돌 뻔했다. 기사님께서는 상대의 단점이나 약점보다는 특기와 장점을 먼저 알아차리고 그것을 말로 분명하게 표현할 줄 아는 분이셨다. 사회생활에서 만나는 이들은 대부분 만 19세 이상의 '성인'이지만 그들 모두가 모두가 남까지 살필 줄 아는 '어른'인 것은 아니라는 걸 한참 뒤에야 깨달았다. 일하면서 좋은 어른을 만나기가 쉽지 않다는 걸 생각하면 기사님과 〈길 위의 인생〉을 찍은 것은 큰 행운이었다.

런던에서 온 선물

취재작가님과 함께 자료를 찾다가 인터뷰하면 딱 좋을 분을 발견했다. 피디님도 살펴보시고는 연락드려보라고 했다. 신속하게 촬영이 결정됐다. 인터뷰이는 영국에 거주 중이었다.

영국 런던 일주일 출장이 잡혔다. 내게 영국은 해리포터의 나라였기 때문에 솔직히 따라가게 해주시기만 하면 가고 싶었다. 국내 지방 출장도 다녀오면 체력이 바닥나 수명이 반나절 정도 줄어드는 기분인데, 해외 출장은 오죽할까. 그래도, 그럼에도 불구하고, 영국이니까 마음이 동했다. 그러나 언제나 부족한 제작비 사정으로 피디님과 촬영감독님 두 분이서만 오붓하게 비행기를 타셨다.

사무실에 찾아온 여유로운 일주일. 피디님의 부재로 촬영 일정도 잡히지 않았다. 편집 기간도 아니라서 딱히 할 일이 없었다. 그 어디서도 나를 부르지 않았다. 하루 이틀은 적응을 못 하다가 나중에는 "이래도 되려나?" 하면서도 그 누구보다 빠르게 짐가방을 쌌다. 해가 떠 있을 때 퇴근하는 진귀한 경험을 할 수 있었다. 지하철 타러 가는 길에 콧노래가 절로 나왔다. 영국 안 가도 됐다. 행복했다.

피디님은 두 손 무겁게 회사로 돌아오셨다. 런던의 아이콘인 빨간색 2층 버스가 그려진 귀여운 컵. 그것도 버스 이미지가 프린트된 싼티 나는 컵이 아니고 빨간 버스가 양각으로 도드라진 컵. 감동이 몰려들었다. 피디님 최고예요! 하지만 뒤이어 쇼핑백에서 나온 것들을 보고서는 그닥 기쁘지 않았다. 촬영 파일이 잔뜩 들어 있는 외장하드와 챙겨가셨던 장비들이 줄줄이 나왔다. 하이라이트는 쭈글쭈글하고 너덜너덜, 얼룩덜룩한 우편 봉투였다.

영수증이었다. 앞면과 뒷면 모두 영어로 가득한 영수증 뭉치였다. 내가 받은 선물의 진짜 주인공은 해외 출장 정산이었다. 아무리 익숙해져도 자꾸만 변수가 생겨서 조연출을 괴롭게 하는 일이 제작비 정산이다. 그중에서도 해외 출장 정산은 환율 계산까지 더해져서 최고난도의 미션으로 알려져 있다. 경력이 내 방송 경력의 곱절의 곱절인 피디님도 해외 출장 정산은 해본 적이 없다면서 "허허, 잘 부탁해" 하실 뿐이었다. 아, 나도 해리포터처럼 마법을 쓸 줄 알면 이따위 정산은 껌인데!

맨땅에 헤딩할 사안이 아니었다. 보고 따라 할 것이 필요했다. 경험이 있는 다른 팀에 부탁해서 해외 출장 정산 서류 전체를 싹 복사해 왔다. 환율 계산을 어느 날 기준으로 어떻게 했는지 배우고, 영수증 정리 순서와 양식을 그대로 베끼기 시작했다. 끝나지 않는 곱하기와 더하기의 반복. 전 세계 화폐 통일을 바라는 날들이었다. 해리포터의 나라고 뭐고 영국이 원망스러웠다. 그 와중에 구체적인 사용 내역 없이 금액만 달랑 찍힌 영수증이 있었다. 교통비인지 식비인지 기타 잡비인지 판단할 수 없는 영수증의 정체를 파악하는 일은 구글이 도와줬다. 가게는 식당인 것으로 파악됐다. 메뉴판 사진을 보며 피디님이 뭘 드셨을지 추정하는 작업이 이어졌다. 나는 한 번 가 보지도 못한 식당의 메뉴를 상상하며 마침내 그 영수증도 새하얀 복사용지 위에 무사히 안착시켰다. 영국 일주일 출장 정산 서류의 최종 두께는 내 검지손가락 두 마디를 넘었다.

보통 제작비 정산 서류는 우리 팀이 속한 부서의 부장님께 서명을 받고 재무 담당자께 넘기면 끝난다. 이건은 달랐다. 회계팀, 감사팀까지 찾아가 문제가 없는지 확인받았다. 세상에서 제일 깐깐한 시댁 식구들한테 가계부를 검사받는 기분이었다고 할까. 존재하지 않는 시댁을 떠올리며 치를 떠는 미혼 여성. 그렇게 해리포터의 나라는 내게 7일의 행복과 3주의 고통을 주고 떠나갔다.

비정규직의 세계

영상 제작 아르바이트, 영상 업무 전담 인턴 활동을 하며 내가 익힌 것은 1인 제작 시스템이었다. 방송국에 들어가니 달랐다. 모든 것이 철저한 분업이었고 세부 분야별 전문가들의 협업이었다.

새로운 아이디어를 제안하는 사람, 그 내용을 글로 구성하는 사람, 프로그램으로 구체화하는 사람, 인적 자원과 제작비를 관리 운용하는 사람, 외부에서 협찬 물품을 구해오는 사람, 현장에서 연출하는 사람, 촬영하는 사람, 오디오 녹음하는 사람, 컷 편집하는 사람, CG 만드는 사람, 자막 입히는 사람, 색 보정하는 사람, 배경 음악과 효과음을 믹싱하는 사람 등⋯. 내가 어릴 적 〈1박 2일〉에서 봤던 현장 스태프의 수보다도 훨씬 많은 사람이 하나의 프로그램 제작에 참여하고 있었다.

직무의 다양성보다도 더 놀라웠던 것은 방송국 내 비정규직의 비중이었다. 프리랜서나 파견 계약직, 일용직의 형태로 방송국에 드나드는 사람이 정규직원보다 많을 수도 있다는 생각이 들 정도로 많았다. 내가 있던 부서에는 프리랜서 또는 파견 계약직 피디와 조연출이 공채로 들어온 정규직원만큼 많았다. 작가진은 모두가 프리랜서였다.

비중이 문제가 아니다. 노동 환경과 처우가 문제다. 파견 계약직 조연출은 최저임금이 조금 넘는 월급을 받는다. 도토리 키재기지만 여러 방송사 중에서 KBS와 EBS가 높게 주는 편이다. 그마저도 중간 파견업체가 일부 떼어가지만. 프리랜서 막내들-조연출이나 취재작가-이라면 상황은 더 좋지 않다. 추가 근무에 대한 보상도 전혀 이뤄지지 않으며 4대 보험에서도 배제된다.

친구들에게 들은 얘기에 따르면 신문사 영상팀들도 사정은 마찬가지다. 신문사들이 너도나도 '뉴미디어' 이름을 달고 영상 콘텐츠 사업에 나선 지 꽤 됐다. 인력은 인턴이나 계약직으로 충당하는 경우가 대부분이다. 힘든 걸 다 참고 버티면 드물게 정규직 전환 제안을 하기도 하는데, 새로운 사람으로 교체하는 경우가 더 많다고 한다. 회사는 매번 일손이 부족하다고 하면서도 제작 시스템을 잘 알고 있고 재능도 있는 사람들을 내보낸다.

여러 미디어 매체가 비정규직 노동자들이 겪는 어려움을 보도하며 문제 개선을 촉구하는 목소리를 낸다. 하지만 지상파 방송사와 주요 언론사들은 요즘 새로이 주목받는 매체, 플랫폼과의 콘텐츠 경쟁에서 밀리고 있다. 언론사는 그에 따른 재정적 어려움을 겪고 있고, 해가 갈수록 프로그램당 제작비가 줄고 있다는 말이 여기저기서 들려온다. 이런 상황에서 비정규직 방송 노동자들의 처우가 빠른 시일 내에 극적으로 개선되기는 쉽지 않을 것 같다. 많이 아쉬운 일이다. 느리더라도 분명히 더 나은 방향으로 변화하기를 바란다.

● REC

_____

잠시, 숨 고르기

검은 시간

'외롭다', '절망적이다', '환멸 난다', '우울하다' 그리고 '죽고 싶다'. 평생 나와는 관계없을 것만 같았던 감정들이 내 것이 되었던 때. 극심한 번아웃과 우울증이 찾아왔다.

장기 출장에서 촬영해 온 파일들을 백업하고, 편집할 수 있게끔 변환하고, 단시간에 혼자 처리할 일이 너무 많았던 때. 동시에 처리해야 하는 현장 서포트와 행정 업무도 넘쳐났던 시기. 숙직실에서 딱 한 시간 눈 붙였다가 기어 나오는 날의 연속이었다. 꿈에서도 일을 했다. 해야할 일이 계속 생겨났다. 끊임없이 지시를 받았다.

새벽 3시. 그 누구에게도 연락할 수 없는 시간이었다. 가족이든 친구든. 우리 팀에서 회사에 남아 있는 사람은 나뿐이었다. 정신적으로 의지할 수 있는 사람이 팀에 단 한 명도 없었다. 지독하게 외로워서 공포가 몰려오는 밤이었다. 야간 순찰하는 보안 직원이라도 지나가셨으면, 안녕하시냐는 눈인사라도 나눴으면 좋겠다고 생각했다.

고시원처럼 40여 개의 편집실이 건물 한 층을 빼곡히 채우고 있는 모습에 숨이 턱 막혔다. 한밤중 거대한 건물의 고요한 소음이 무거웠다. 난방도 다 꺼졌는지 계속 오소소 소름이 돋았다.

할 일은 줄지 않고, 거의 한 달간 집에도 잘 못 가고 잠 못 자고 밥도 못 먹고 지냈다. 내가 어디까지 더 노력해야 하는지 도무지 알 수 없어서 복도 의자에 얼빠진 얼굴로 가만히 앉아 있었다. 눈물이 왈칵 쏟아졌다. 줄줄 나오다가 줄줄줄 줄줄줄줄…. 태어나서 처음으로 뼈가 시리게 외로웠고(외롭다는 것이 무엇인지 알았고) 온몸이 바닥에 내동댕이쳐지는 것처럼 절망스러웠다(절망이 어느 정도로 사람에게 무거운 추를 달아 바닥으로 끌어 내리는 것인지 깨달았다).

내가 이 일을 왜 하지? 나는 그냥 지금 딱 죽고만 싶은데. 끊임없이 죽음만 생각났다. TV 프로그램 만드는 일이 하고 싶어서 제 발로 찾아간 방송국이었다. 고강도 노동에 저임금을 받아도 직업 만족도는 최상이었던 곳이었다. 이젠 모두 과거형이 됐다. 제발 이곳을 나가게 해주세요.

"그만두겠습니다."

조연출 생활은 순식간에 끝났다. 참여했던 프로그램의 방영을 2주 앞두고 퇴사했다. 내 나름대로는 '진짜 경력이 시작되는 곳'이라고 여겼던 곳이었다. 내가 맡았던 일들과 인연 맺은 사람들에게 최선의 노력과 최대의 애정을 쏟았다. 다행히도 함께한 사람들 사이에서 괜찮은 후배, 동료가 됐지만 아이러니하게도 내 속은 완전히 곪았다. 물론 겉으로도 쭉정이가 됐다. 퇴사하고 재 본 몸무게는 입사할 때보다 10kg이 덜 나갔다.

"고생은 혼자 다 해놓고선, 다 포기하고 정말로 나갈 거냐" 만류하는 말만 한 오십번쯤 들었다. 나의 퇴사를 아쉬워하는 말들이 넘쳐났다. 몇 년을 꿈꿔왔던 일을 포기하는 내 속상함만 했을까.

"다른데도 힘든 건 다 똑같다" 공감 능력 제로의 사이코패스 같은 말도 있었다. 너는 막내인데, 막내가 선배들보다 힘들 것이 뭐 있냐는 듯한 뉘앙스의 말도 들었고 눈총도 받았다. 나는 그저 입을 꾹 다물어 버렸다.

상황을 나아지게 할 방법이 있었을 것이다. 선배에게 지금 무언가 잘못되었고, 나를 도와줄 사람을 붙여주거나, 나를 잠시 쉬게 해 달라고 했으면 좋았을 것이다. 그러나 그건 당시의 내가 더는 감당할 수 있는 일이 아니었다. 그렇게 하고 싶지 않았다.

모든 업무를 마무리 짓고 회사 곳곳을 돌며 퇴사 행정 절차를 밟는 '진짜 마지막 날', 사정을 모르는 사람들은 입을 모아 말했다.

"좋은 일로 나가시나 봐요, 싱글벙글하네요."

아, 제가 웃고 있던가요? 정말 웃는 모습으로 보이나요? 멀쩡히 잘 지내는 것처럼 보이던 나의 갑작스러운 퇴사 이유를 정확히 아는 사람은 아무도 없었다. 슬픔에서 빠져나오지 못하는 시간이 계절이 바뀌고 해를 넘겨서까지 길게 이어졌다.

공백

우리 오늘 밤에 어디로 갈까

저 멀리 별빛을 끝까지 따라가 볼까

Let's don't say anything

밴드 세이수미(Say Sue Me)의 노래 〈아무 말도 하지 말자〉를 처음 들은 건 퇴근길 지하철에서였다. 3호선 열차가 동호대교를 건너는 구간이었다. 한강을 둘러싼 서울의 야경이 보였다. 정말 고단한 하루였다. 너무 힘들어서 입에서 단내가 났다. 퇴근했지만 업무 카톡은 계속됐다. "이건 어떻게 됐어요?", "저거는요?", "언제까지 되나요?"

'아, 다들 아무 말도 안 했으면 좋겠다.' 그때 음악 스트리밍 앱 벅스가 '드라이브 송'을 주제로 소개한 여러 노래 중에서 이 곡의 제목이 눈에 쏙 박혔다. 아무 말도 하지 말자는 노래는 무슨 말을 할지 궁금해서 들었다.

베이스 솔로로 시작하는 도입부에 드럼 비트가 더해지며 곡이 진행된다. 이후 같은 리듬과 단 세 문장의 가사가 3분간 반복된다. 한 번 듣고도 흥얼거릴 수 있을 만큼 멜로디는 단순하다. 동일한 멜로디가 변주 없이 계속된다. 기교를 부리지 않는 보컬이 귀에 쏙 박힌다. 덤덤하게 말하는 것 같은 곡. 발라드, 댄스, 록, 트로트 등 장르 가리지 않고 감정의 클라이맥스가 있는 인기곡들과 비교하면 이 곡은 '빈칸'이 많다. 나는 내가 원하는 대로, 내 마음대로 '아무 말도 하지 않으며 그저 별빛을 따라갈 수 있게' 해 주는 이 곡의 빈칸을 좋아한다.

공백. 아무것도 없이 비어 있음. 소리 내어 발음해보고, 기역에서 시작해 기역으로 끝나는 글자를 적어본다. 공백이 좋다. 예전의 나에게 공백은 두려움과 공포였다. 2018년 여름이었다. 인생 첫 퇴사, 인생 첫 정신과 진료를 경험한 때였다. 텅 비어버린 상태를 그냥 두어서는 안 될 것 같다는 부담감, 어디서 무엇부터 시작해서 공백을 메꾸어야 할지 모르겠는 막막함, 이 상황에서 벗어날 수 없을 것 같은 불안함이 내 마음을 사방에서 조여왔다.

"최소 1년, 길게는 2년 정도 푹 쉬는 게 좋겠습니다."

의사의 진단이었다. 나는 아픈 몸을 빨리 낫게 하려고 정신과를 찾아갔다. 갑작스레 생긴 너무 많은 시간, 더 정확히 말하면 백수 생활을 조금이라도 단축하기 위함이었다. 몸과 마음, 생활 모두 얼른 정상 궤도에 올려놓고 싶었다. 반면 의사는 다 놓고 충분히 쉬는 데 집중해야 다시 넘어지지 않는 단단한 힘을 키울 수 있다고 했다. 조그맣고 하얀 진료실은 '여백의 미'를 떠올리게 했고, 의사와 나는 동상이몽이었다.

우울증 치료를 하는 동안 나는 공백을 억지로라도 즐겨야만 했다. 조바심내지 않고 치료 기간을 견뎌야 했기 때문이다. 쉽지 않았다. 멈춰 있는 나와 달리 끊임없이 앞으로 나아가고 있는 친구들이 보였다. 일을 다시 할 수 있을지, 한다면 무엇을 해야 할지 시간이 지날수록 더 모르겠고, 이력서에 비어 있는 1년, 2년을 나중에 어떻게 설명해야 할지도 걱정됐다. 치료 효과가 즉각적으로 나타나는 것도 아니었고 심지어 중간중간 상태가 더 나빠지기도 했으니까.

그럴 때마다 나에게 질문을 던졌다. 쉰, 예순이 되었을 때 20대 후반에 2년 남짓 쉬었던 일을 되돌아본다면 어떨까? 2년은 결코 긴 시간이 아니었다고, 순식간이었다고, 그때만 할 수 있는 일이었을 거라고, 잘 지내면 정

말 좋은 시간이었다고 몸이 기억할 것이라는 답을 잊지
않으려고 애썼다.

약을 꼬박꼬박 챙겨 먹었고, 상담도 꾸준히 받았다.
성실한 환자였다. 독서와 전시 관람, 음악 감상, 여행을
하며 나에게 집중하는 시간을 가졌다. 나를 소중히 돌보
는 법, 나를 나답게 하는 법, 나를 나로서 지켜내는 방법
을 조금씩 터득했다. 변화는 아주 느린 속도로 눈치채기
어렵게 찾아왔지만 나는 분명히 달라지고 있었다. 주변
에서 먼저 알아챘다. 이전보다 밝아졌고, 의욕이 있어 보
인다는 것이었다. 스스로도 느꼈다. 자신감이 생겼다. 내
앞에 주어진 빈 페이지가 두렵지 않았다. 오히려 빈 페
이지가 선물 같았다. 더 많은 선택지가 나에게 주어졌고,
무엇이든 도전해 볼 수 있다는 가능성이 보였고, 전보다
자유롭다고 느꼈다.

벅스는 〈아무 말도 하지 말자〉를 드라이브 송으로 추
천했지만 내가 이 노래와 함께 올림픽대로나 강변북로
를 내달리는 일은 가까운 미래에는 없을 것이다. 자동차
도 없고 무면허이기 때문이다. 그러나 이제는 안다. 아무
말도 하지 않고 달리는 드라이브처럼, 잠깐씩 빈 시간과
빈칸을 만들어서 나를 쉬게 해줄 필요가 있다는 것과 그
렇게 해도 괜찮다는 것. 인생에 별 큰일이 생기지 않는

다는 것. 지금까지 여러 직장을 다녀봤지만 어디에서나 여전히 모든 것을 내려놓고 도망치듯 떠나가고 싶은 충동이 종종 생긴다. 주변에서 '쟤 버튼 눌렸다' 혹은 '급발진 걸렸다'고 표현하는 상태 즉, 속으로만 삭일 수 없는 화가 날 때도 있다. 예전 같으면 이럴 때 자책하고 혼자 스텝이 엉켜 넘어졌겠지만 이제는 다르다. 잠깐 멈춰서서 더 멀리 오래 갈 수 있는 숨 고르기를 한다. 공백을 배운 덕분이다.

나의 이름

특정 단어의 뜻을 안다고 생각하면 사전을 찾아보지 않게 된다. '입봉'*이라는 단어를 언제 어떤 경로로 알게 되었는지는 기억나지 않지만, 조감독, 조연출, 수습기자 등이 처음으로 '메인' 딱지를 다는 것을 입봉이라 한다고 배웠다.

"너는 언제 뭘로 입봉 했어?"

〈필름카메라의 추억〉, 2013년. 대학생 때 대외 활동을 하며 만든 영상이 나의 첫 작업물이다. 문화체육관광부 문화 포털 사이트와 유튜브에 게시되었으나 배경음악 저작권 때문인지 지금은 검색해도 볼 수 없는 나의 첫 영상작업물. 기획, 촬영, 편집 모두 직접 했었다. "필

---

* 영화감독이나 기자 따위가 처음으로 작품이나 기사 따위를 만듦

름카메라가 소재인 건 알겠는데 그래서 하려는 말이 무엇인지 모르겠다"라는 뼈아픈 피드백을 듣고 다시는 꺼내 보지 않는 나의 첫 작업물.

누군가는 내 말에 코웃음을 칠 것이 눈에 훤하다. "경력 뺑튀기가 너무 심한 거 아니오?" 고작 대학생이 대외활동한 것을 입봉작으로 치냐고. 그럼 영상학 전공생들은 1학년 때 입봉했겠다고.

예전에는 나도 방송사나 언론사에 채용된 PD여야 입봉할 수 있는 자격이 생긴다고 여겼다. 아무나 못 하는 것이라고 생각했다. 그래서 언론고시에도 실패하고, 계약직 조연출 생활도 1년으로 끝난 나는 언제나 입봉이나 경력 질문 앞에서 작아졌다. 항상 애매한 표정을 짓고는 했다.

한동안 일을 쉬었다가 프리랜서로 외주 작업을 시작했다. 이력서와 자기소개서, 포트폴리오를 정리했다. 오랜만에 외장하드를 열어보니 혼자 기획, 촬영, 편집해서 완성한 영상물이 최소 서른 편이었다. 팀을 짜서 작업한 것들도 열 편 이상이었다. 당시에는 개고생을 했지만 아련한 추억으로 포장된 영상들을 보면서 뿌듯해하다가 문득 든 생각.

'내가 만든 게 생각보다 정말 많네. 오, 나 PD인가?'

나는 그 순간 유레카를 외친 솔르키메데스였다. 나는 연출, 기획 측면에서 어떤 소재를 주인공으로 삼을지, 조금 더 나은 기획과 스토리텔링 방법은 무엇인지 고민해서 구성하는 일을 계속하고 있었다. 영상 제작 전 과정을 이해하고 기술적인 능력도 갖췄다. 내가 하는 일을 무엇이라 불러야 할까. 내 직업의 이름은? 내가 PD가 아니고 무엇인가. 나는 그날 이후 2013년을 내 경력 시작 시기로 삼는다.

내가 지금 무엇인지, 앞으로 무엇이 될지는 스스로 결정하는 것이다. 내가 하는 일의 이름을 붙일 수도 바꿀 수도 있다. 내 일에 얼마큼의 주인의식을 가지고 임해서 스스로 '메인'이 되어 일할지는 오롯이 나의 마음가짐에 달렸다. 수동적으로 '타인이 명명해주는 나와 나의 역할'을 바라고 기다렸던 시기는 지나갔다.

작품이나 기사 '따위'를 만드는 게 입봉이라지 않나. 입봉과 경력의 숫자에 너무 많은 의미를 부여하지 말자. 불필요한 과몰입이다.

● REC

___

프리랜서의 밥벌이

프리랜서의 자유

분야를 가리지 않고 내가 쓰일 수 있는 프로젝트에 프리랜서로 참여해서 일했다. 콘텐츠 제작 과정 전체를 아우르는 일을 할 때도, 촬영이나 편집만 하는 경우도 있었다. 부모님은 내가 부디 한 회사에 진득하니 오래 다니길 바라신다. 정규직으로, 일을 잘하든 못 하든, 많이 하든 적게 하든 꼬박꼬박 나오는 월급으로 안정적으로 살았으면 하는 것이다. 프리랜서는 4대 보험 가입이 안 된다. 대체로 스스로 원하는 일, 원하는 만큼의 일을 할 수 있는 것이 장점이지만, 회사로부터 아주 쉽게 계약을 해지당할 수 있고 주기적으로 고용 불안 상태가 찾아오는 것이 프리랜서로 일하는 것의 큰 단점이다. 그러나 나는 실력과 경력 모두 더 탄탄히 쌓으면서 전업 프리랜서로 살 방법을 궁리 중이다.

나는 프리랜서에게 주어지는 '자유'의 달콤함으로 불안정한 일자리가 주는 고통을 이겨냈다. 프리랜서는 회사와 계약한 기간 내에 약속한 일만 완성해낸다면 출퇴근의 자유가 보장된다. 유튜브 채널의 프리랜서 PD로 일했을 때는 주 5일, 오전 10시부터 오후 7시까지 근무해야 했다. 그러나 제작과 업로드 일정에 문제가 없을 때나 맡은 업무를 끝마쳤을 때는 시간을 자유롭게 쓸 수 있었다. 언제 어디서 일을 하든지 간에 결과물만 제때 만들면 되는 외주 작업을 할 때는 더더욱 출퇴근의 부담에서 자유롭다.

똑같은 일을 반복하며 오래 하는 것보다 여기저기 기웃거리며 새로운 것들을 경험하고 내가 할 수 있는 일의 영역을 넓히는 삶을 살고 싶다. 일이 아니라 취미로 만들고 싶은 영상 콘텐츠도 있고, 글도 더 많이 쓰고 싶고, 서점 일도 해보고 싶다. 일본어, 스페인어 같은 외국어도 더 배우고 싶고, 드럼 연주도 꾸준히 하고 싶다. 그러기 위해서는 역시 프리랜서로 사는 것이 낫다고 생각한다. 프리랜서로 일하면 내 편의에 맞게 업무 시간을 조직할 수 있기 때문에 사이드 잡이나 취미생활을 하기에 좋다.

프리랜서 삶의 만족도를 끌어올려 주는 것은 무엇보다도 휴가다. 일이 끝나면 놀고 싶은 만큼 놀 수 있다. 월차, 연차 개념이 없다.(계약직으로 짧게 일했던 곳에서 다섯 손가락도 안 되는 휴일을 눈치 잔뜩 보면서 써야 하는 것이 너무도 고통스러웠다) 지금부터 모든 직장인이 부러워할 자랑을 해 보겠다.(부러워해 주십쇼!) 하나의 프로젝트를 마무리하면 나는 자칭 타칭 '힐링요정'이 되고는 했다. 다음 일과 다음 돈벌이에 대한 걱정은 일절 하지 않고 집을 떠났다, 훌쩍! 교통편과 숙식을 최저가로 해결하는 배낭여행을 주로 다녔다. 비행기 경유 두 번도 문제없다. 시간이 많으니까. 한 달 동안 아일랜드 전역을 누볐다. 이직을 앞두고 시간 여유가 생긴 단짝 친구와 영국, 크로아티아, 노르웨이를 여행하는 행운도 누렸다. 코로나 19 직전에는 뉴질랜드 남섬을 한 바퀴 돌았다. 마스크 없이 청정자연 공기를 쑵-하-쑵-하. 어느 곳을 여행하든 다시 없을 기회니까 그곳의 풍경과 음식이 질릴 때까지 오래 머물고 왔다.

서울로 돌아와서 일 때문에 힘들 때면 여행에서 좋았던 기억을 떠올린다. 그래, 이것만 끝나면 또 떠나는 거야! 이 생각으로 버틴다. 나는 결코 되돌아갈 수 없는 강을 건넜다. 여행의 맛을 알아버렸다. 연차를 아끼고 아껴서 1년에 길어야 일주일 휴가를 쓸 수 있는 삶은 절대 살 수 없다. 누군가는 묻는다. 휴가는 짧더라도 돈을 많이 벌 수 있거나, 안정적인 직장이 프리랜서보다 훨씬 낫지 않아? 오, 저는 생각이 다릅니다. 저에겐 맞지 않아요.

회사는 모른다

쓰리잡. 그런 걸 하는 사람이 진짜로 있더라.

그게 가능해? 시간은 모두에게나 공평하게 24시간 아니었냐. 그리고 퇴근 후에 힘이 남아 있을 수가 있어?

돈이 궁해서 하지 않을 수가 없거나 능력이 출중해서 여기저기서 불러주는 것이거나. 둘 중 하나 아닐까?

아마도 그렇겠지. 안 피곤할까? 재밌을까?

투잡, 쓰리잡 하는 사람들이 대단하다고 혀를 내두르며 친구들과 얘기를 나누던 나, 저질 체력의 아이콘인 나, 멀티플레이가 안 되는 내가 쓰리잡의 주인공이 됐다. 주중에는 영상 콘텐츠 제작 피디, 퇴근 후에는 영상 제작 레슨 강사, 주말에는 아르바이트를 한다. 주중에 근무하는 회사에서는 모른다. 나의 삼중생활에 대해 상상도 못 할 것이다. 별로 한 것도 없는데 금방 초췌한 얼굴이 되는 나를 보고 다들 얼른 집에 가서 쉬라고 하니까, 퇴근 후에 내가 일을 하나 더 할 수 있을 거라고는 짐작도 하지 못할 테다. 알려져도 상관은 없지만 솔직히 남들 모르게 하니까 더 재밌기도 하다.

돈을 쓸어모으려고 하는 쓰리잡이 아니다. 운 좋게, 감사하게도 내가 부양해야 할 의무가 있는 존재는 우리 집 고양이 복이뿐이다. 고양이 사롯값, 간식값, 병원비 정도만 벌면 된다. 그래서 평소 나의 주요 지출 내역은 밥값, 교통비, 방탄소년단 덕질비 뿐이다. 직장 한 곳에서 받는 월급으로도 족하다. 서른에 갑자기 평탄한 노후를 위한 재산 증식 의지가 생긴 것도 아니다. 물론 돈이 많으면 내가 좋아하는 양념돼지갈비 한 번 더 사 먹고, 아빠에게 장 블랑제리 단팥빵을 주기적으로 배달시켜주고, 엄마에게 오버로크 기능이 있는 재봉틀과 더 좋은 유화 물감을 사주고, 고양이 복이 님에게 더 값비싼 사료를 드릴 수 있겠지만, 욕심나지 않는 일이다. 지구는 지금 당장 망해도 이상할 게 없는 환경이고, 당장 내일 아침에 내가 눈을 못 뜰 수도 있는 것이 인생이라는 생각으로 사는 나에게 필요 이상의 많은 돈을 버는 것은 관심 밖의 일이다.

빼어난 능력이 있어서 여기저기서 불러주는 것도 아니다. 뼈가 시릴 정도로 냉정하게 말하자면 이 업계에는 나보다 반짝이는 영상 기획 아이디어를 가진 뇌가 말랑말랑한 사람, 촬영을 기가 막히게 잘하는 사람이 넘쳐난다. 내가 다룰 줄 모르는 편집 툴을 눈 감고도 만지는 사람들이 수두룩하다. 나는 그저 영상 제작 분야에 대한 이해도와 기술력이 0에 수렴하는 사람들과 비교했을 때 경험이 조금 있는 것뿐이다.

프리랜서 마켓 앱을 통해서 셀프 PR을 시작했다. 서비스를 받고 싶은 사람과 서비스 제공이 가능한 사람을 연결해주는 플랫폼이 굉장히 많다. 처음에는 나도 꼿꼿이 원데이 클래스 선생님을 찾기 위해 앱에 접속했다. 그런데 프로필만 작성하면 나도 서비스 제공자가 될 수 있는 아주 간단한 시스템이었다. 한번 해 봐?

취업 준비, 이직할 때 수도 없이 써서 눈 감고도 쓸 수 있는 경력 기술서라 정말 순식간에 채워서 올렸다. 그런데 덜컥 "프로필 보고 연락드려요~ 영상 제작 레슨 가능하실까요?" 하고 문의가 왔다. 아, 이것이 나의 인복이고 일복이구나…! 살면서 꾸준히 체감하는 나의 두 가지 복. 이태원 박수무당도 인정한 나의 엄청난 일복과 인복에 감사하지 않을 수 없었다.

재미있었다. 해보니 그렇다. 물론 몸도 정신도 피곤했다. 홍삼을 챙겨 먹어야 버틸 수 있었다. 시간을 쪼개 쓴다는 것이 이렇게 힘든 일인 줄 몰랐다. 집에 돌아오는 지하철, 버스에서 이미 녹다운 상태가 되는 날도 많았다. 주말에 온전히 쉬는 시간이 줄어든다는 단점도 있었다. 하지만 나의 기술과 경험을 다른 사람들에게 나누어 줄 수 있는 기회가 감사했다. 사람들이 내 도움을 받고 기뻐하는 모습을 보면 집에 오는 내내 신난 광대가 솟아올라서 내려오질 않는다. 강의나 영상 작업 의뢰를 받으며 만나는 다양한 사람들에게서 얻는 것도 많다. 세상에 내가 모르는 분야가 이렇게 많다는 걸 깨닫는다. 고객들이 인생 선배로서 들려주는 이야기에서 지혜도 얻는다. 영상 편집을 가르쳐주러 갔다가 되레 얻어온 것들이 몇 가지 있는데, 그중 가장 가성비가 좋았던 것이 있다. 뷰티샵 원장님이 해주신 눈썹 문신이다.

공부한 내용을 남에게 가르쳐보면 더 잘 알게 된다는 얘기처럼 '진짜 고수', '진짜 전문가'가 되는 과정에 있는 것 같기도 하다. 〈임솔이 ver.2〉를 만드는 기분도 든다. 게임처럼 능력치를 1씩 올리는 것 같다. 프로필 포장 능력(뻔뻔함 및 능청스러움) +1, 강의 준비력 +1, 나도 몰랐던 나의 말빨 +1, 시간 관리 능력(부지런해짐) +1, 게

다가 주말에도 계속하니 늘 수밖에 없는 기술력까지 +1.

N잡을 하며 수입원을 다양하게 하고 시간의 자유를 얻을 수 있다는 점이 굉장히 만족스럽기 때문에 나는 전업 프리랜서를 희망한다. 하지만 남들에게도 적극적으로 추천하기는 망설여진다. 프리랜서의 밥벌이에는 분명 녹록지 않은 부분이 있기 때문이다.

후려쳐지는 멀티플레이어

프리랜서건 계약직이건 정규직이건 영상업계의 임금은 하향 평준화되어 있다고 생각한다. 영화, 드라마, 방송, 음악 등 각 분야에서 이름 날리는 감독들은 논외다. 대졸 대기업 신입사원 연봉을 듣고 거세게 현타를 맞았던 기억이 있다. 영상업계에서는 경력 4~5년 차가 강력하게 요구해야만 겨우 받을 수 있는 금액이었다. 밥줄이 끊겨서는 안 되니까 마땅찮은 금액에도 일을 시작하는 경우가 대다수다.

이 업계는 도대체 어디서부터 잘못된 것인지, 첫 스타트를 끊은 사람에게 나와보라고 하고 싶다. 왜 노동에 대한 정당한 임금을 요구하지 않았느냐고. 왜 열정페이를 참았냐고. 산업은 점점 더 각광받고 규모가 커지고 있는데 왜 여전히 뼈 빠지게 일하는 사람과 돈 버는 사람이 따로 있냐고. 영상업 저임금 현상에 대한 연구는 누가 안 해주나.

외주 작업비도 후려치기에 시달린다. '스마트폰만 있으면 유튜브 크리에이터가 될 수 있다'와 같이 영상 제작 진입 장벽을 낮추는 구호가 돌아다니는 시대. 사람들은 영상 콘텐츠를 너무나 쉽게 많이 소비할 수 있는 환경이 되니까 영상이 뚝딱뚝딱 금방 나오는 줄 안다.

"너에게 줄 수 있는 건 1밖에 없지만 10을 만들어 왔으면 좋겠어."

"저기요? 이보세요!"

이런 식이다.

나는 어디까지 할 줄 알아야 하나? 멀티플레이는 얼마큼 해야 하나? 여러 곳에 계속해서 자신을 세일즈해야 하는 프리랜서, 영상 작업 능력치를 늘 최신 버전으로 유지해야 하는 프리랜서는 이 고민을 안고 산다.

영상 일을 하는 사람이 몸담을 수 있는 곳을 추려보면 방송국, 신문사, 웹과 모바일로 유통되는 오리지널 콘텐츠를 만드는 업체, 유튜버들이 모여 있는 MCN, 사기업 영상 마케팅 분야 그리고 개인 작업 정도가 있다. 어느 분야이든지 간에 콘텐츠 기획 업무만 맡는 것이 아니라면, 촬영과 편집에도 능숙하고 실력을 확인할 수 있는 작업물을 많이 쌓아왔을수록 채용될 가능성이 높다. 모든 영상물이 무언가를 홍보하고 판매하는 마케팅 수단이 된 시대니까. 마케터의 기획을 화면에 구현하는 기술적인 작업을 맡는 경우가 늘고 있다.

이 지점에서 스스로에 대한 불확신이 스멀스멀 올라온다. 크고 작은 프로젝트를 기획해서 성공시키는 경험은 연차가 높은 시니어일수록 즉, 일과 사람들을 진두지휘하는 역할을 맡아본 사람일수록 경쟁력이 있다. 반면, 나는 여전히 주니어다. 내가 나에게 갖는 자신감과 확신이 부족하다. 촬영도 편집도 고만고만한 수준인 것 같아서 더 괴롭다. 당당하게 "저 촬영감독 할 수 있습니다!" 하자니, 학생 때부터 각종 카메라 장비를 만져보면서 오로지 촬영만 담당해 온 경력자들이 있어서 주춤하게 된다. 편집 감독을 하자니 눈감고도 애프터이펙트나 모션 또는 3D, 마야 등 저세상 컴퓨터 그래픽 툴을 다룰 줄 아는 실력자들이 여기저기 포진해 있다는 것이 떠올라서 또 주춤, 주춤.

이러한 불안감을 정신력이나 실력으로 해소하지 못한다면 프리랜서의 삶은 나날이 고달파진다. 남들이 나를 실력 없다고 깎아내린 적도 없지만 혼자 지레 겁먹는 유리멘탈 프리랜서가 찾은 방법은 '주문 외우기'다.

실력자들은 이미 어딘가에 다 자리를 꿰차고 실력 발휘를 하고 있을 테니, 이 정도 규모의 프로젝트에는 관심도 안 둘 것이다. 그러니까 내가 뛰어든 시장에는 그들이 존재하지 않는다. 그러면 누가 남아 있나? 남은 사람 중 제일 실력이 좋은 건 나다. 인력난, 경제난의 시대에 나를 데려가는 곳이 횡재하는 것이다. 몸값은 싼데 프로젝트는 기똥차게 잘 굴러가게 해주는 가성비 귀인, 그게 바로 나!

몇 번 해보니까 꽤 효과적인 방법이었다. 면접이나 미팅에서 당당하고 자신감 있는 태도가 보기 좋다는 피드백을 받았다. 그래서인지 사람들은 그동안 내가 해 온 작업에도 더 많은 관심을 보내왔다. 내 생각보다 내 능력을 더 높게 평가받는 일이 생겼다. 이외의 방법도 고민해봤지만 흔들리는 멘탈을 다잡는 일이 우선이었다. 어떻게든 새로운 프로젝트에 참여해서 새 경력을 쌓아야 그 과정에서 진짜 실력을 높일 기회도 얻기 때문이다. 그 전에 직업적인 고민 같은 건 사치였다. 당장 이번 달과 다음 달 카드 값을 어떻게 내야 할지가 인생 최대의 문제가 되어 있었다.

To_영상 일을_시작하려는_분들께

일단은 오지도 가지도 말아보세요.

방송국에 들어가기만 하면 나영석, 김태호, 신원호 PD처럼 기깔나게 세련되고 재미있는 프로그램 하나 뚝딱 만들 것 같은가요? 마블의 히어로 시리즈나 우리나라의 〈신과 함께〉 같은 영화의 화려한 컴퓨터 그래픽을 마음껏 구현할 것 같나요? 아닙니다. 결코 아닙니다.

수많은 사람이 필요 이상의 시간과 체력과 영혼을 갈아 넣고 있어요. 장시간의 회의, 사전답사, 연속되는 밤샘 촬영이 여러분을 기다리고 있어요. 영상 편집을 시작하면 금방 거북목과 앉은뱅이 자세, 시큰거리는 손목을 얻을 수 있습니다. 시력이 떨어져서 쓰자마자 얼굴이 못생겨지는 안경을 쓰게 되는 건 기본이죠. 영상업에서

워라밸 챙기기, 결코 쉽지 않습니다.

이곳은 임금 하향 평준화의 정점을 이루는 곳입니다. 누군가는 신입 초봉으로 받을 연봉을 경력 4~5년 차에 눈치 봐 가며 요구할 수 있는 곳이에요. 막내 작가는 보통 주급을 받는데 월 200이 채 안 되죠. 벌써 몇 년 전 이야기인데, 지금은 좀 올랐겠죠? 그렇지만 큰 기대는 안되네요.

조연출이 그렇게 귀하다면서도 정규직으로는 절대, 결코, 네버 채용하지 않아요. 대규모 프로그램의 수많은 조연출 중 정규직 조연출은 다섯 손가락도 안되는 경우가 태반이에요. 책정 기준을 알 수 없는 고액의 출연자 출연료를 조금만 낮추고 스태프 월급을 10만 원씩이라도 올려주면 좋겠지만, 그건 죽은 사람이 살아 돌아왔다더라 같은 얘기예요.

장비라도 최신, 최고 사양으로 마련해주는 회사라면 다행이지만, 제아무리 좋은 장비도 엄청난 양의 파일을 재생하고 편집하려고 하니 툭하면 뻑나요. 멈추거나 꺼지거나. 백업용 외장하드랑 Ctrl+s는 목숨보다 중요해요. 작업하던 파일을 저장 못하고 날리는 순간 잿빛 얼굴의 편집실 귀신이 되는 거예요. 카메라, 조명, 오디오 장비 역시 기본 수준이라도 갖춘 회사인지 반드시 확인하

서야 합니다. 준비된 것이 아무것도 없으면서 일단 영상 만들 사람을 뽑는다는 곳은 콜럼버스와 같은 개척 정신이 있는 것이 아니라면! 황무지의 가혹함을 견딜 각오가 되어있는 것이 아니라면! 더더욱 가지 마세요. 그러니까 연출이든, 미술이든, 카메라든, 후반 작업이든지 간에 오지 말아요 가지 말아요 영상업계.

그럼에도 불구하고 오셨어요? 가셨나요? 그렇다면, 내 몸이 제일 중요해요. 제작비보다, 방송 스케줄보다 더 중요한 게 내 몸이에요. 보통의 제작 스케줄에서는 꾀부리거나 농땡이칠 수 없는 것은 당연하고 몸도 쉽게 망가진답니다. 물론 그 와중에도 반드시 한 명은 놀고 있다는 빌런 총량의 법칙이 좀 께름칙하지만요. 다 먹고 살자고 하는 일이니 다른 건 부족해도 밥은 꼭꼭 잘 챙겨주는 팀과 사수 밑에서 일하시길요. 아프면 제발 버티지 말고 힘들다 말하고 쉬세요. 영상 일 할 사람 구하는 곳은 언제나 널려있답니다. 처우가 구려서 그렇지만서도…. 아무튼 쉬세요. 몸이든 정신이든 어디가 아프면 아무리 결과물이 잘 나와도 기쁘지 않습니다. 기뻐할 힘도 없어요. 다 소용없다고 느끼는 불상사가 생긴답니다. 비극이죠?

스스로 몸값을 낮추지 마세요. 우리의 노동력은 소중합니다. 프리랜서로 일하신다면 부를 수 있는 최대치를 당당하게 말씀하시고, 눈치 보지 맙시다. 면접에서 궁금하신 것 있냐는 물음에 가장 먼저 던져야 할 질문은 페이입니다. 자본주의 사회에서 돈 애기 꺼내는 것을 지나치게 조심스럽게 생각하지 말자고요. 돈을 조금 주더라도 회사 문화도 좋아 보이고 일도 재밌을 것 같아서 마음이 끌린다고요? 가장 골치 아픈 경우군요. 부족한 월급을 상쇄하고도 남을 만큼의 빵빵한 복지와 의미 있는 일을 할 수 있는 곳이길 간절히 기도합니다.

더불어, 저는 재능거래 플랫폼의 치열한 저가 가격 경쟁이 정말 싫어요. 내가 몇 년에 걸쳐 얻은 기술로 정성스레 작업해 주는데 왜 셀프 후려치기를 하냐고요. 몸값을 깎지 않아서 서비스 매칭 플랫폼에서 제 고용률이 낮은 것 같은데, 저는 말도 안 되는 푼돈 받을 거면 안 하겠습니다. 너무 저렴하면 사람들이 나와 나의 능력까지 낮잡아보는 경우가 있습니다. 그건 좀 아니잖아요?

과몰입을 항상 경계하세요. 사람이 피곤해져요. 제가 방송국을 그만둔 직후에 과몰입이 심했거든요. 출연진이 많거나 제작 규모가 큰 프로그램을 보면 고생했을 스태프와 막내들이 자꾸 떠오르더라고요. 밥은 먹고 했을까, 잠은 좀 잤을까 싶고요. 그러면 아무리 훌륭한 예능도 드라마도 교양 프로그램도 모두 '극한직업'이 돼요. 제대로 즐길 수가 없어요.

마지막으로, 가능하다면 제작진이 아닌 출연자가 되시는 걸 추천합니다. TV 방송이든 유튜브든 화면에 나오는 사람이 더 많이 벌어요. 화면 뒤에 있는 사람들은… 보람이나 뿌듯함 같은 것을 얻고요. 어떻게든 출연자가 될 방법을 고려해보시는 것도 좋겠습니다. 풍요로운 통장을 원하신다면!

To_영상제작자와_일하려는_분들께

최소한의 성의가 있는 제작 환경을 마련한 다음에 사람을 불러주세요. 기획자가 아무리 좋은 기획을 가져오더라도 영상 제작 프로세스나 관련 시장에 대한 이해도가 없는 조직에서는 벽과 대화하는 기분이 든답니다. 촬영할 공간, 출연자를 부를 수 있는 자본, 각종 장비 지원은 기본이고요. 편집용 데스크톱을 구비하고 편집 프로그램 정품을 깔아 주세요. 툭하면 에러나고 업데이트도 안 되는 어도비 해적판 말고요! 일꾼에게 도구를 줘야 일을 할 수 있는 건 어느 분야나 마찬가지입니다. 애매한 지원은 애매한 결과물을 만듭니다. 10 정도는 지원해줄 수 있는 회사겠지? 생각했는데 물리적, 시간적 지원이 5도 안 되는 경우를 목격하고 뒷걸음질 쳐 나오는 사람들을 꽤 자주 봅니다.

그대의 월급이 중요하듯 영상 제작자의 급여와 작업비도 중요합니다. 당연한 얘기를 쓰려니 머쓱하네요. 열심히 쌓아온 경력과 그에 맞게 받아온 페이를 깎으려 하지 마세요. 더 올려주지는 못할망정. 작업 건당 비용을 지불할 때도 마찬가지입니다. 여러분이 어디선가 주워들은 작업비는 대체로 터무니없이 낮게 책정된 비용이에요. 다시 한 번 당부드려요. 남의 인건비 쉽게 깎으려들지 맙시다. 진짜 치사하고 없어 보여요! 지불할 돈이 없으면 욕심을 내지 마세요.

제작 의도가 아주 분명하고 구체적으로 드러나는 기획안을 준비해주세요. 요구 사항이 꼼꼼히 기록되어 있다면 좋습니다. 특별히 원하는 비주얼이 있다면 제작자가 참고할 수 있는 이미지나 영상 자료도 같이 주세요. 그리고 제작 일정은 반드시 제작자와 충분히 협의해주세요!

수정 요청은 상도덕을 지키는 수준으로 해주세요. A스타일로 요청해서 그에 맞게 만들었더니 AA도 아니고 아예 B스타일로 바꿔 달라고 하면 작업을 처음부터 다시 해야 하거든요. 그런데 마감 기한은 그대로라면 누구만 과로할까요?

아무리 종이로 맺어진 갑을 관계일지라도 서로 예의
를 지킵시다.

동료라면 더더욱요.

우리는 의무교육과 고등교육을 받은 민주주의 사회
의 시민이니까요.

● REC

컷! 오케이? NG?

세 가지 수확

영상 일을 하면서 거둔 세 가지 수확이 있다.

첫 번째 '세계의 확장'

다양한 사람을 만나며 그만큼 새로운 세계를 접할 수 있었던 것은 영상 일을 하며 누린 가장 큰 행운이었다. 사진사, 무용가, 화가, 연기자, 운동선수, 학교 선생님, 대학 교수, 국회의원, 외교관, 사서, 과학자, 학예연구사, 의사, 유튜버, 성우, 아나운서, 작가, 모델, 가수 등등. 다큐멘터리, 예능, 공공기관과 사기업 홍보물, 교육용 등 다양한 분야의 영상을 제작하다 보니 이 일을 하지 않았다면 접점이 없어 인연을 맺기 어려웠을 사람들을 만나볼 수 있었다. 인터뷰 영상이 필요해서 섭외했고, 프로그램의 주요 출연자로 모셔와 MC나 패널 역할을 요청드렸다. 제작에 필요한 조언을 구하고 자문을 받기 위해서 전문가를 찾아간 경우도 있다.

한 사람은 하나 이상의 세계였다. 나는 출연자들을 만나면서 전에는 몰랐고 아마 평생 모를 수도 있었을 세상을 들여다볼 수 있었다. 그들은 직업과 나이, 성별, 국적만 다른 게 아니라 내게 들려준 인생 이야기와 거기서 엿볼 수 있었던 삶의 태도와 꿈의 내용도 모두 달랐다. 그중에는 살아온 인생과 일궈 온 성취 자체가 하나의 완성도 높은 콘텐츠가 되는 사람들도 있었다. 간단한 자기소개만 해도 벌써 흥미로운 한 꼭지가 완성되는 듯한 에너지를 가진 사람들이었다. 촬영차 만난 며칠 동안 출연자에 대해 완전히 다 알 수는 없는데, 인터뷰가 도움을 주었다. 출연자가 풀어내는 이야기 속에는 그 사람이 사람과 사회, 일과 인생에 대해 어떤 생각을 하고 어떤 태도를 취하는지 알 수 있는 힌트가 담겨 있었다. 출연자가 살아온 경험을 나눌 때는 귀한 배움의 자리에 있다는 생각이 들기도 했다. 내가 던지는 질문의 깊이는 5 정도밖에 안 되었는데 깊이가 10 수준인 답이 돌아올 때에는 그 사람의 내공에 반하는 것은 물론이었고, 내가 부족했던 점을 깨우치게 해주면 감사했다.

타인의 삶, 그들의 경험을 간접 체험해 볼 수 있는 기회. 이것이 영상 일을 매력적으로 만드는 가장 큰 요소다.(이제 방탄소년단만 만나면 된다)

매번 새로이 주어지는 영상 아이템(소재)도 나에게 발전의 기회를 준다. 맨 처음 만들었던 영상은 소재가 필름 카메라였기 때문에 필름 카메라의 역사, 카메라의 종류, 사용법, 현재 필름 카메라 사용 인구 등에 대해서 공부했다. 첫 조연출 생활 때에는 수학과 수학 교육에 대한 이야기를 반년 넘게 접했다. 정신 건강에 관련된 프로그램을 제작하는 과정에서는 세상에 얼마나 다양한 정신 질환이 있는지, 왜 수많은 사람들의 마음이 아픈지 찾아봤다. 영유아의 뇌 발달과 양육법에 관한 영상을 만들 때는 주변에서 '관련 학과 교수님을 모시는 조교 같다'는 말도 들었다.

평소 관심을 두지 않는 분야에 대해서는 정말로 지독하게 아는 것이 없는 편이다. 하지만 영상 일을 하면서 내 취향과는 별개로 새롭게 접하는 분야들이 계속해서 늘어났다. 내용이 풍부한 콘텐츠를 만들기 위한 공부 덕분에 나의 세계는 오늘도 조금씩 조금씩 더 넓어질 기회를 얻는다.

영상 제작의, 제작에 의한, 제작을 위해서 했던 수많

은 경험. 덕분에 나는 경험주의자가 되었다. 졸작도 아무나 만드는 것이 아니다. 뭔가를 만들려고 행동해 본 사람만이 졸작을 만들 기회를 얻는다. 적극적인 사람이 나아간다는 이야기를 항상 마음에 두고 있다. 영상 일을 하는 나는 과거의 나보다 한 발자국 앞으로 나아가 있다.

두 번째 '제2의 인격'

태국의 수도 방콕 한복판에 한국문화정보원이 있다. 문화체육관광부 소속 공공기관이다. 해외에서는 대사관에 소속되어 있다. 영상 PD 해외 파견 사업에 선발되어 학교를 1년 휴학하고 그곳에 일하러 갔었다.

인생 첫 사회생활. 심지어 사수 없음. 이곳에서 영상 작업할 줄 아는 사람은 오직 나. 인생 첫 자취인데 아무 연고도 없고 말도 통하지 않는 해외. 스물셋의 꼬맹이는 태어나 처음 경험하는 극도의 '낯섦'에 도착하자마자 울지 않을 수가 없었다.

그러나 그녀는 곧 비의 '깡' 스웩에 맞먹는 깡다구를 키웠다. 한 달 만에 회사 사람, 업무, 동남아의 차원이 다른 더위와 고수의 향에 적응 완료. 석 달 뒤에는 태국인인 줄 알았다는 소리 들음. 태국어는 아예 못 하고 영어는 삐끔대는 수준이었지만 1년간 수많은 외국인 인터뷰 진행. 미소 지으며 접근해 문화원 이름을 대고(신뢰 형성), 카메라 들고 흔들기 한 번, 마이크 들고 말하는 시늉 한 번(의도 전달)으로 어느새 나는 그들을 인터뷰하고 있었다!

그때 나는 일터에서 겁먹거나, 쭈뼛대거나, 못하겠다고 엄살을 부려봤자 나만 손해라는 걸 배웠다. 방콕의 뜨거운 열기와 함께 키운 후천적 깡다구. 맨땅 적응력과 헤딩력, 생존력은 내 평생의 큰 자산이 되었다.

MBTI 성격 테스트에 과몰입 중인 내 친구가 알려준 나의 MBTI는 ISFJ이다. 파워 내향형인 나는 사실 친화력이 제로에 가깝다. 의심이 들지도 모르겠지만 앞 문단에 등장한 사람과 동일 인물 맞다. 나는 새로운 사람(들)과 만났을 때 절대 먼저 말을 꺼내지 않는다. 내가 모임에서 제일 잘하는 일은 '꿔다 놓은 보릿자루' 또는 '가마니' 역할이다. 알랑방귀 뀌는 말을 제일 못한다. 남에게 무언가를 부탁하기가 어렵고 싫다. 예외는 딱 두 경우다. 첫째, 방탄소년단 팬들끼리 모였을 때. 둘째, 돈 벌 때다. 비즈니스 친화력을 어디선가 빌려오는 나.

지방 출장에서 조연출이 해야 하는 중요한 일 중 하나가 숙소 잡기다. 회사는 1박 숙박비로 1인당 4만 원을 쳤다. 지역 구분 없이 4만 원짜리 모텔 방이 희귀한 세상에서 조연출에게 주어진 미션은 아주 도전적이다. 가능하면 1박에 3만 원짜리 방을 잡아서 모든 스태프가 1만원을 남겨 가져갈 수 있게 해주는 것이다. 여럿이서 방을 같이 쓴다면 더 남기고. 안 되면 5천 원이라도.

출장지로 이동하는 차에서 지도를 샅샅이 뒤진다. 가능하면 교통 시설이나 관공서 근처 모텔을 우선적으로 찾고, 그중에서 가격과 시설을 따져 고른다. 최소 다섯 명의 휴식을 책임질 모텔에 도착하면 차가 주차장에 들어가기도 전에 먼저 내려서 데스크로 뛰어간다. 세상에 다시 없을 싹싹함과 하이톤의 목소리 준비. 스르륵 열리는 작은 창문.

"안녕하세요 사장님~! 저희 서울에 있는 방송국에서 취재 온 촬영팀인데요~ 숙소 찾다 보니까 여기가 시설 좋은데 가격이 착하다는 후기가 많더라고요~ 저 포함해서 다섯 명 1박 하려고 하는데, 방 있나요? 근데 출장비가 쥐꼬리만큼 나오거든요. 3만 원에 해주실 수 있을까요?"

사장님이 어이없어할 틈도 주지 않고 속사포로 말하는 것이 포인트다. 그러면 같은 인류로서 막내의 고충을 캐치한 마음 따스한 사장님들이 기적을 행하신다.

"아이고 참말로~ 요새 3만 원이 말이 되나~? 이러면 하나도 안 남는데…. 내가 진짜 아가씨가 하도 싹싹해서 해준다!"

태어나서 싹싹하다는 말은 처음 들어봤다. 나보고 싹싹하다고 했다… 싹싹하대… 나 정말 싹싹…. 문을 열고 들어오는 피디님, 카메라 감독님, 촬영 부사수, 차량 기사님에게 방 키를 하나씩 쥐여 드리는 나. 지금 열쇠만 드린 게 아닙니다. 만 원도 같이 드려요. 여러분의 막내가 해냈습니다!

짐을 푼 다음 얼른 주변 편의점에 가서 박카스를 두 병 산다. 모텔 사장님께 드린다. 방 너무 좋아요! 혹시 주변에 괜찮은 밥집 아세요? 게임 끝. 현지인이 추천하는 찐 로컬 밥집 정보는 이제 나의 것. 식당을 잘 골랐다는 칭찬도 나의 것.

영혼 밑바닥에서부터 끌어올린 친화력 발휘 후기. 출장을 자주 함께한 차량 기사님이 차량실에 나를 '일 잘하는 조연출'로 소문 내주셨다. 그 팀 여자 조연출이 방이랑 밥집을 기막히게 잘 찾아낸다고. 별 다섯 개 고객 후기를 받은 기분이었다. 내게 돈을 벌어다 주는 것은 나의 제2의 인격이다.

세 번째 '사람들'

든든한 나의 친구들

쏠레씨또, 혜빵, 다재능양, 경부기, 뚜또. 끝나지 않는 진
로 고민을 몇 년이고 같이 하며 울고 웃을 수 있는 귀중
한 사람들을 얻었다. 다섯 사람에게는 공통점이 있다.

첫째, 실력이 뛰어난 것은 당연하고, 일과 동료를 대
하는 태도는 진지하고 사려 깊다. 이 사람들에게서 늘
배운다. 둘째, 나와 함께 싼 값에 노동력 착취를 당해준
호구 동지이자, 알음알음 서로에게 일거리를 물어다 주
는 착한 제비들이다. 셋째, 영상 일이 아무리 좋아도 환
멸이 몰려올 때가 있는데 그때 나의 감정을 오롯이 이해
해 줄 수 있는 극소수의 사람들이다.

나의 멋진 두 언니 쏠레씨또와 혜빵은 대외활동에서
만났다. 촬영 아이템을 따라서 지방에 다녀오며 오랜 시
간을 같이 보내다 보니 가까워졌다. 촬영과 편집 품앗이
도 종종 하고 있다. 주변에서 촬영할 사람을 구할 때, 편
집 단가 높은 일이 있다는 소식을 들을 때가 종종 있다.
내가 참여할 상황이 안 되거나, 나보다 언니들이 적격자
라 생각하면 바로 연락한다. "언니들! 벌어보자, 돈!"

프로젝트 하나를 셋이서 같이 진행한 적도 있다. 쏠
레씨또 언니가 짠 큰 그림을 혜빵언니와 내가 구체화해

서 촬영하고 쏠레씨또 언니가 편집으로 마무리했다. 완벽한 분업이고 최고의 팀플레이였다. 서로가 맡은 일을 잘해줄 것이란 믿음이 있었기 때문에 제작 기간 동안 스트레스받을 일이 전혀 없었다. 다만 그 프로젝트의 업무량 대비 페이는 염화나트륨 농도 99.8%의 정제염처럼 짰다. 호구 잡히고도 혼자가 아니라 셋이 함께라서 위로가 되었던, 아련한 추억을 공유하는 동지들이다. 언니들은 언제나 나를 부둥부둥 예뻐해 주고 무조건적인 응원을 보내준다. 그에 비해 나는 받기만 하고 해주는 게 없어서 늘 미안한 마음이 있다.

다재능양은 대학 동기다. 학교를 다닐 때보다 졸업하고 더 자주 만나고 일 얘기를 나누고 있는 친구다. 다재능양은 작업물의 퀄리티를 높이기 위해서 내가 아는 사람 중 가장 큰 노력을 기울이는 사람이다. 남들은 한 번만 보고 말 것을 열 번도 더 돌려보며 정성을 다한다. 내용도 더 알차게 채우려고 관심을 두고 공부하는 분야도 다양하다. 항상 본인은 느리고 게으르다고 얘기하는데, 사실 전혀 그렇지 않다. 이런 건 또 언제 했대? 싶게 야무지고 바쁘게 산다. 다재능양의 작업은 단정하고 세련되고 센스있는 그녀의 모습을 쏙 빼닮았다. 그렇다, 나는 다재능양의 팬이다!

다재능양과 나는 일하는 스타일이 정말 비슷하다. 그래서 작업하며 스트레스를 받거나 회사에서 힘들어하는 이유도 통한다. 우리는 서로가 미친 듯이 열심히 일하는 스타일에서 벗어나서 적당히 설렁설렁 대충 일하는 사람이 되기를 늘 바란다. '미친 듯이 열심히' 해봤더니 몸과 마음만 아프니까. 회사는 책임도 안 져주니까. 억울하고 열 받으니까. 또, 딱히 그 정도로 노력하지 않아도 일은 나름대로 어떻게든 굴러간다는 걸 깨달았기 때문이다. 함께 노력하고는 있지만 타고난 것인지 바꾸기가 역시 쉽지 않다.

경부기는 내 인생 첫 방송작가 친구다. 4년도 더 지났지만 여전히 그녀와의 첫 만남이 생생하다. 을지로에서 진행된 회의가 끝나고 명동에서 칼국수를 먹었는데 식당을 나오니 갑작스레 비가 내려서 명동성당 근처 스타벅스에서 차를 마시고 헤어졌다. 우리는 동갑인 데다 비슷한 학창 시절을 보내서 나눌 얘기가 정말 많았다. 그 덕분에 급속히 가까워졌다. 방송국 사람들 모두가 조연출이랑 작가가 저렇게 친한 건 처음 본다고 했다. 우린 이거 운명이냐? 할 정도로 서로가 잘 맞아서 친해지는 게 당연했다. 오히려 주변에서 우릴 보고 놀라워하는 모습이 신기했다.

경부기는 내 숨소리만 들어도 내 몸의 컨디션과 정신상태가 어떤지 알았다. 업무에 이리저리 치여서 정신이 너덜너덜해졌지만 어디다 말도 못하고 힘들어하는 나를 알아채고 고민 상담을 해준 경부기. 피곤이 누적돼 겨울에 유행한 독감에 걸린 나의 이상한 낌새를 눈치챈 사람도 경부기였다. [경부가!]라고만 보내도 바로 [뭔일 있구만?]하는 경부기. 나보다도 나를 더 잘 알아주는 사람이 곁에 있다는 건 여러모로 큰 행운이었다.

나중에 들으니 제작팀을 꾸릴 때 마지막으로 뽑아야 하는 포지션이 조연출이었고, 경부기가 메인 피디님께 "조연출은 여자가 왔으면 좋겠습니다"라고 해서 나랑 같이 면접 본 남자가 떨어지고 내가 붙었다지, 하하! 은인 같은 친구다.

뚜또와는 반년 동안 같은 대외활동을 했다. 하지만 팀이 달라서 활동 기간 중에는 말을 한 번도 안 해봤다. 대외활동이 마무리되어갈 쯤 모르는 번호로 연락이 왔다. [안녕! 나 뚜또인데, 같이 밥 먹을래?] 당황스러웠다. '얘 뭐지? 나도 모르는 사이에 우리가 친했었나?' 갸우뚱했다. 하지만 나도 뚜또에게 호감이 있었나 보다. [그래 좋아. 어디서 볼래?]라는 답을 보냈다. 그렇게 우리는 혜화역 빙숫집에서 만나 다섯 시간 내리 수다를 떨었다. 빙수는 진작에 다 먹어 치웠고, 스푼으로 빈 그릇을 또랑또랑 소리 내며 휘젓고 또 휘저으며 수다를 이어갔다. 얘기가 꼬리에 꼬리를 물고 이어졌다. 그리고 뚜또와 나의 인연의 역사에서 꽤 큰 비중을 차지하는 사건이 혜화역 빙숫집에서 이뤄졌다. 영상 제작 동아리 성격의 팀 '컬러풀필름'을 꾸려서 시트콤 〈일반인 코스프레〉를 만들기로 한 것이다. 뚜또의 첫 감독 데뷔작이다.

뚜또는 언제나 영상으로 풀어내고 싶은 것이 많은 찐 이야기 사랑꾼이다. 특히 뚜또는 시트콤을 사랑한다. 우리 뚜또를 위해서 시트콤의 인기가 부활하기를 바란다. 나는 그녀가 앞으로 그 어떤 빌런에게도 당하지 않고 하고 싶은 걸 마음껏 할 수 있기를 바란다. 뚜또의 오늘은 물론이고 내일도 응원한다.

고향 집 식구들

방송국에서 일할 때 인연 맺은 피디님과 편집 감독님 두 분께는 은혜 갚는 까치의 마음을 갖고 있다.

이 피디님은 내 인생 첫 PD 선배님이다. 당시의 나는 초짜 중의 초짜였는데도 이 피디님은 언제나 나를 믿고 응원을 보내주셨다. 제작 과정이 고되고 방송일이 미뤄지는 등 좋지 않은 상황에도 흔들림이 없으셨다. 짜증도 안 내셨고 속상한 기색도 보이지 않으셨다. 그 모습에 나도 힘을 낼 수 있었다. 어떤 일이든지 간에 여러 사람이 모이면 부딪히기 마련이고, 일이 지지부진하게 흘러가면 예민해지기 쉽다. 피디님은 그 가운데서 중심을 딱 잡고 웃는 얼굴로 팀을 끌고 가는 힘을 보여주셨다. 나는 피디님의 온화하고 든든한 리더십을 닮고 싶다. 피디님은 프로그램이 끝난 뒤에도 나의 진로 고민에 정말 많은 도움을 주셨다. 피디님이 애써 주신 것을 생각해서라도 나는 꼭 잘 살아야 한다.

보통 편집 감독님과는 프로그램 제작 말미에 인사를 드리고 교류하게 된다. 촬영을 해야 편집을 하니까. 그러나 방송국에 처음 들어갔을 때부터 나는 담당 피디님보다도 두 편집 감독님들과 밥을 더 자주 먹었다. 두 분은 내게 큰 의지가 되어주셨다. 두 감독님은 내가 아침 댓바람에 편집실에 찾아 뵈어도, 밤 12시 훌쩍 넘은 시간에 들러도 한결같이 "어, 왔냐!" 해주셨다. 심지어 주말에 근무하다가 혹시 계실까? 하고 편집실 문을 두드려도 항상 자리에 계셨다. 그만큼 일이 많았으니 피곤하셨을 텐데도 언제나 나의 시시콜콜한 얘기에 먼저 귀를 기울이고 안부를 물어봐 주셨다. 기쁜 일을 함께 축하해주신 것은 물론이다. 힘들고 속상해서 눈물 콧물 쏟는 나에게 위로 가득한 휴지를 잔뜩 챙겨주셨던 걸 잊을 수 없다. 조용히 방문을 닫아 주시고 마음껏 울 수 있게 해주셨던 분들. 내 마음의 친정집이 되어주신 분들.

　내가 이 일을 지속하는 이유가 일 자체의 재미나 보람보다 같이 일 한 사람들에 대한 애정, 사람들과의 긍정적인 관계 때문이라는 생각도 자주 한다. 상황이 나에게 모질었던 적은 있어도 함께한 사람들은 언제나 정말 좋은 사람들이었다. 나는 인복이 참 많다.

애매한 사람

요즘 어린이들은 '전화 통화' 하면 손을 쫙 펴고 귀에 가져다 대는 동작을 한다고, 종이책도 터치스크린인 양 다룬다고 들었다. 그리고 정말로 나의 조카들이 그렇게 하는 걸 눈으로 확인했다. 애들아, 검지, 중지, 약지는 접고 새끼손가락과 엄지손가락을 쫙 길게 펴봐. 그럼 전화 통화가 되는 거야. 책은 그냥 종이를 옆으로 넘기고 잘 안 보이면 얼굴을 가져다 대면 돼. 아니면 그냥 안 읽으면 되는데⋯. 그래, 이모가 늙었구나.

내가 고등학생일 때 아이폰이 세상에 처음 나왔다. 나는 대학을 다니며 동영상 촬영에 익숙해졌다. 그렇지만 나보다 다섯 살만 어려도 영상 촬영 기기를 처음 접한 시기는 훨씬 앞당겨진다. 요새라고 하기에도 뭣하다.

한참 전부터 초, 중, 고등학생들은 영상 만드는 방법을 학교 수업에서 배우거나 알아서 터득하고 있다. 특별한 활동이라기보단 그저 자연스러운 일상이고 놀이에 가깝다. 유튜버가 되기를 꿈꾸는 것을 넘어 직접 하고 있는 학생 유튜버도 수두룩하다. 궁금한 게 생기면 네이버나 구글에 검색하지 않고 유튜브에 접속한다는 점도 나와는 너무도 다르다. 게다가 매일 매시간 매분 매초 쏟아지는 소재도 스타일도 다양한 영상 콘텐츠를 공기처럼 소비한다. 이런 환경에서 살고 있는 이들이 영상을 보는 눈의 폭은 상하좌우로 넓어 보인다. 내 미래 밥줄을 걱정하지 않을 수 없다. 이들이 영상업에 뛰어든다고 생각하면 한없이 작아지는 기분이다. 내 자리는 어디인가. 있기는 할까?

카메라 앱 스노우(SNOW)가 유행일 때(현재도 진행 중인 것 같다) 대체 그게 뭔데? 하고 설치했다가 엄청난 화려함과 익살스러움을 자랑하는 필터에 놀라서 몇 번 쓰다 말았다. '아이고 정신없다'가 나의 반응이었다. 봐도 봐도 스노우에서 제공하는 페이스오프 수준의 필터는 적응이 안 된다. 세로 형태의 짧은 영상을 공유하는 플랫폼 틱톡 역시 도전은 해봤다. 틱톡 마케팅도 있다고 하고, 틱톡 맞춤 영상도 있다고 하니까. 하지만 아무리 자주 들락날락해 봐도 뭐가 뭔지 파악하기가 어려웠다. 재미를 못 느낀 것은 당연하다. 인싸 중의 인싸들이 모인 파티를 구경하는 아싸의 기분이랄까. 인스타그램의 기본 동영상 효과 필터를 보고 있으면 내가 무엇 하러 애프터 이펙트를 배웠나 싶다. 그 와중에 새로 나온 릴스, 이건 또 뭔데? 유튜브도 쇼츠라는 새로운 영상 서비스를 내놨다. 이런 상황에서 마케팅용 숏비디오 제작 PD 포지션 제안이 들어온 적이 있다. 아아⋯, 제가 돈이 급해도 그 자리는 제 것이 확실히 아닙니다. 일자리를 떠나보내는 나.

나는 몇 년에 걸쳐서 감을 좀 잡을까 말까 싶은 것들, 기깔나는 촬영이나 센스 터지는 편집 같은 건 그들에게 기본값이 된 것 같다. 뇌가 말랑말랑하고 보고 자란 게 아주 많으니까 내가 상상도 안 해 본 기획도 할 수 있겠지! 그러니까 애매하다, 애매해! 영상을 아예 모르는 세대도, 익숙하지 않은 세대도 아닌 92년생 영상인은 고민이 가득이다. 나의 경쟁력은 어디에 있나. 누군가는 숨 쉬듯 자연스럽게 영상 콘텐츠의 유행이나 새로운 플랫폼 활용법을 체득하겠지만 나는 일부러 관심을 갖고 공부를 해서 따라잡는 수밖에 없다. 그것이 내가 할 수 있는 유일한 일이다. 그런데 큰 문제가 있다. 과연 그것이

내가 가짜로라도 하고 싶은 일인가? 의구심이 사라지지
않는다.

일 얘기하려고 모인 게 아니었습니다만

일 얘기는 하지 말고 맛있는 것 먹고 놀자고 만난다. 하지만 어느새 우리는 또 일 얘기를 하고 있다. 그간의 근황을 물으면, 다들 회사-집-회사-집을 반복하는 삶을 산다. 집이 아니라 하숙집 같다는 경우가 허다하다. 찰나의 주말에는 집에 퍼져 있거나 겨우 잠깐 놀러 나갔다 오는데 체력이 없어 힘들다고 한다. 그러니 집안이 무탈하고 애인이 열 받게 하는 일이 없었다면 우리 사이에 남는 건 일 얘기뿐이다. 학교를 막 졸업하고 취업했을 때에는 모두가 신나있었다. 요새 어떤 일을 하고 있고 누굴 만났는지를 떠들었다. 5년 정도 흐른 뒤의 우리 모습은 많이 달라졌다. 이상하게도 마냥 신나 있는 사람이 없다. 영상 일에 관한 우리의 고민은 크게 네 가지다.

첫째, 원하는 걸 만들 수 없는 환경이 답답하다. 회사가, 광고주가, 선배가 만들라는 것을 만든다. 연차가 낮으니, 직급이 낮으니, 경력이 부족하니 따라가지만 종종 눈에 초점을 잃고 '나는 누구? 여긴 어디?'의 상태에 빠진다.

둘째, 저임금 고강도 노동에 지친다. 꿈과 열정으로 가득해서 푼돈을 벌어도 행복했던 시기는 한참 전에 지났다. 밤을 새워 일해도 뽀송뽀송한 피부, 또렷한 눈빛, 이틀 밤을 더 새도 괜찮은 체력은 흔적도 없이 사라졌다. 초심을 되찾아야 한다, 언제나 초심을 지켜야 한다는 말이 우습다.

셋째, 안정적이고 탄탄한 제작팀 찾기가 어렵다. 외주 중소 제작사는 극한의 열악한 근무 환경으로 오래도록 악명 높다. 방송국도 제작비를 줄이는 마당에 스타트업에 기대를 걸기는 어렵다. 스타트업은 그곳만의 생리를 이해하고 받아들이는 것까지 해야 하는 이중의 고통이 따른다.

넷째, 포지션과 실력이 애매한 것 같아 불안하다. 자신 없음과 불확실함이 머리에 생각의 싹을 틔우기 시작하면 걷잡을 수가 없다. 확신의 깊이가 너무도 얕다.

"언제부터 우리 스텝이 꼬인 걸까?"

대학 전공 선택부터 잘못되었다, 가벼운 마음으로 했던 영상 제작 아르바이트를 시작도 하지 말았어야 한다, 언론고시는 거들떠보지도 말았어야 미련이 남지 않았을 것이라는 말까지. 우리는 이런 대화를 한참 나누고 헤어진다. 하지만 영상과는 아무 상관 없는 분야로 넘어간, '탈영상'한 친구는 아직 없다. 언제나 "배운 게 이것뿐이라 계속하고 산다!" 또는 "그래도 이것 말고는 하고 싶은 일이 없으니까 계속한다!"로 하소연이 마무리된다. 결국 답은 스스로 구해야 하고, 집에도 가야 하니까.

사회초년생, 5~6년 차 직업인이면 누구나 거치는 통과 의례일까? 영상업계 종사자들만 유독 그런 것일까? 문제의 원인이 우리에게 있나? 우리의 능력이 턱없이 부족한가? 욕심이 많은가? 괜히 너무 예민한가? 다들 매 순간 자신의 자리에서 할 수 있는 최선을 다하고 있는데도 어째서 맘 편히 만족할 수 없는 환경인 걸까.

이곳은 도무지 잠잠해질 기미가 보이지 않는 혼돈의 소용돌이.

어디로 가야 하죠?

납작한 단어

'납작한 단어'라는 표현을 들었다. 방탄소년단의 인터뷰 내용 중에서 '위로와 공감이 납작한 표현이 되어버린 요즘이지만'이라는 문장이 있었다. 단어, 말, 표현이 납작해진다는 것. 입체적인 표현, 통통 살아 숨 쉬던 말과 단어였을 텐데 왜 변했을까. 아마 너무 많이 쓰여서, 오염되어서, 닳고 닳아서 의미마저도 작아진 것이 아닐까. 처음의 기세와 달리 현실의 두텁고 높은 벽에 부딪혀 존재감이 사그라드는 것. 납작해지는 것.

내가 생각하는 납작해진 단어는 '안녕하다'다. 안녕하세요. 안녕하세요? 온점을 찍으면 평안하길 바란다는 당부 같고, 물음표를 붙이면 평화로이 지내고 있는지 들여다보게끔 하는 말. 아름답고 기능이 많은 말. 하지만 습관적으로, 무의식적으로 쓰다 보니까 납작한 단어가 된 것 같다. 나와 당신이 진정으로 안녕한지 자주 점검하고, 신경 쓰라는 말. 혹여나 그렇지 않다면 마음의 파도가 잔잔해지길 바라며 애쓰는 시간을 가지라는 뜻을 누가 유념하며 지낼까.

짓눌려 납작해진 사물을 원래 상태로 되돌리는 방법은 일단 1)원래의 상태를 기억한다. 2)눈앞에 가져와 손안에 둔다. 3)조물딱 조물딱 만진다-바람을 넣어 풍성함을 살려주거나, 구김을 펴주거나, 부서지거나 찢어진 부분을 붙여주는 일 등등-세 스텝이다. 납작해진 말에도 쓸 수 있는 방법이다.

'안녕하세요'가 우리의 인사말로 자리 잡게 된 배경을 떠올려봤다. 옛날 사람들도 불안, 고민, 고통, 슬픔, 좌절, 외로움 같은 파랗고 검은 감정들을 튕겨낼 수 있는 엄청 튼튼한 방패와 같은 마음과 정신력을 갖고 싶었을 테다. 나처럼, 내 친구들처럼. 하지만 그건 쉬이 얻을 수 있는 것이 아닌 것을 일찍이 알았을 것이다. 인생을 살아가며 고통은 반복되고, 나이를 먹어도 상처가 아무는 시간이 빨라질 뿐 상처를 아예 받지 않을 수 없다는 것도. 그래도 더 초점을 맞추려 한 부분은 '극복'에 있었던 것 같다. 무적 방패 같은 마음을 갖는 일, 고통에서 최대

한 빠르게 빠져나오려고 하는 일이 혼자서는 어려울 수
있으니까, 기댈 수 있는 주변 사람들과 나누는 매일의
인사를 통해 그 누구도 수렁에 빠지지 않도록 애쓰는 길
을 찾은 결과가 아닐지.

나는 요즘 젊은 사회초년생 여성에게 안녕하냐는 인
사를 건네고 싶다. 내 또래, 동년배 친구들에게 안녕하
냐고 물어보고 싶은 마음이다. 내가 아프고 나니까 어떤
상황에서 몸과 마음이 쉽게 무너지는지 너무도 잘 알게
됐다. 혹여나 내가 다시 그런 상황에 부닥칠까 봐 내가
처한 환경을 전보다 더 예민하게 관찰하고 있다. 그러다
보니 남들이 처한 아슬아슬한 상태, 위험 신호도 감지할
수 있게 됐다.

회사에 다니는 친구들과 대화하다 보면 안타까운 경
우가 너무 많다. 주중에 퇴근한 뒤, 주말에 쉴 때 완전히
방전되어 아무것도 할 수 없게 됐다는 이야기가 점점 많
이 들린다. 업무에 과하게 몰입하고 싶지 않은데, 그것이
쉽지 않다는 고민도. 조직 생활을 하며 본인의 장점보
다 단점만 자꾸 보게 되어 자신을 깎아내린다는 서글픈
모습도. 조금이라도 안 좋은 일이 생기면 문제의 원인이
본인에게 있다고 여기거나, 과도한 책임감에서 벗어나
지 못하거나, 부담감에 과로하는 일도 잦다. 울면서 다닌

다, 화병 생긴다, 스트레스 풀려고 집에서 과식한다는 말들은 농담이 아니다.

알고 있다. '원래' 호락호락하지 않은 것이 사회생활이고, 그것을 견디고 극복해야 성장한다는 것도. 하지만 나는 그 성장 과정이 건강하길 바란다. 말도 안 되는 헐값에 사람을 부리려 하거나, 야근 수당도 주지 않으면서 야근을 압박하거나, 끊임없이 스스로를 낮추고 비난하게 만드는 가스라이팅을 한다거나, 노동자에게 각종 불합리하고 비논리적인 요구를 하는 고객을 대응하는 데 도움을 주지 않는 등의 각종 문제 해결을 등한시하는 조직이 넘쳐난다. 그런 곳에서는 절대 직원도 건강하게 성장할 수 없다. 나는 그곳에서 내 친구들이, 또래 여성들이 아프지 않았으면 좋겠다.

만약 힘들다면, 우울한 에너지가 홀로 안에서 곪지 않게 밖으로 발산했으면 좋겠다. 그를 위해 나는 납작해진 '안녕하다'라는 말을 다시 생생하게 다듬고 싶다. 그리고 이들에게 '안녕하세요?' 물음표 붙인 인사를 건네고 싶다. 돌부리에 걸려서 콱 넘어지기 전에, 운동화 끈을 단단히 묶었는지 확인해보라고, 그 정도의 여유는 가져도 된다고 말해주고 싶다. 스스로 안부를 챙기고 마음에 여유가 생기면 주변에도 인사를 건넬 수 있었으면 좋

겠다. 나도 안녕할 테니, 당신도 안녕하기를 바라는 마음
으로.

계속 할까 말까 할까 말까 영상

이 책의 제목 《계속할까말까할까말까영상》은 작년부터 불쑥불쑥 떠올랐던 고민의 핵심을 그대로 옮긴 것이다. 할까와 말까 사이에 띄어쓰기가 없는 이유는 두 생각이 조금의 틈도 주지 않고 엎치락 뒤치락하기 때문이다.

영상 제작 일을 계속해 왔지만 남에게 내세울 수 있는 굵직한 작업물이 없다는 생각에 자신감이 바닥을 치기도 했다. 사실 알고 있다. 나는 이제 고작 5년 정도 이 일을 했을 뿐이다. 나를 대표할 만한 작업물이 없는 것이 당연하다. 소위 '대박'나는 프로그램에 참여하는 사람보다 그렇지 않은 영상인들이 훨씬 많다는 것도 안다. 그러니까, 내 마음이 급한 것이다. 안 부려도 될 조급함과 욕심 때문에 스스로 고통받고 있다는 걸 알고 있다.

하지만 이 일이 과연 나와 잘 맞는 것인지 모르겠다는 점과 계속해서 의욕적으로 잘하고 싶은 의지가 있는지 '내 마음을 내가 확신할 수 없는 것'이 더 큰 문제였다. 얼른 이 답답한 생각의 늪에서 벗어나고 싶은데 발버둥 칠수록 더 깊은 수렁에 빠지는 것 같았다. 빠르게 답을 내릴 수 없는 고민은 자꾸만 새끼를 쳐서 거대해지고 생각을 정리할 자리는 좁아졌다.

그래서 일단 쓰기로 했다. 영상업에 처음 관심을 두게 된 시기부터 지금까지 내가 경험하고 생각한 것들을 정리해 보자. 단순 나열이어도 좋다. 쓰다 보면 이 일에 대한 나의 진짜 감정을 확인할 수 있을 것 같았다. 영상 일을 해 온 나의 20대를 분명히 하는 기회가 될 것 같았다.

진짜 네 마음이 뭔지 너는 알고 있어?

스스로에게 질문을 던지며 썼다. 내가 내 이야기를 쓰는데도 잘 안 써질 때가 더 많아서 어이가 없기도 했다. 글을 쓰려고 몇 년 전에 썼던 다이어리를 꺼내 읽다 '이런 걸 고민했었단 말이야?' 하기도 했고, 예전 작업물을 보니 너무 어색한 지점도 많고 못 만든 부분만 보여서 혼자 민망하기도 했다. 하지만 지금까지 줄곧 "기획도 촬영도 편집도 더 잘하고 싶다"라고 말하고 있는 내가 분명히 보였다. 일하는 매 순간 열과 성을 다해서 즐겁게 뛰어다니는 나를 발견할 수 있었다. 사회에서 한 명의 몫으로 지금까지 해 온 일 중에서 내가 가장 오롯이 주체적이고 능동적으로 생각하고 움직였던 일, 바로 영상에 담을 것을 찾고 찍고 다듬는 일이었다. 비록 영상을 만드는 환경에 대해서는 부정적인 시각을 갖고 있어도 작업 자체에 대한 애정은 그대로였다.

그러니, 계속
할까,
말까,
할까,
말까, 고민의 답은.

● REC

_____

하드털이

#습관

가로본능. 일단 영상 비율은 16:9이다. 스마트폰으로 영상 촬영을 한다고 하면 일단 가로로 돌려야 한다. 틱톡, 유튜브 쇼츠, 인스타그램 릴스 등 스마트폰에서 세로로 촬영된 영상에 최적화된 플랫폼이 늘고 있는 시대지만 말이다. 나는 여전히 뉴스에 세로로 촬영된 시청자 제보 영상이 나오면 양쪽의 검은 여백이 거슬린다. 양쪽 검은 화면에 어떤 모습이 숨어있는지 알고 싶다. 병인 것 같다.

여행을 갈 때면 DSLR, 액션캠, 스마트폰, 카메라 삼각대, 메모리 카드, 파일 백업할 노트북과 외장하드를 챙긴다. 쉴 틈 없이 찍는다. 뉴질랜드에서 번지점프를 할 때도 한 손에는 액션캠을 쥐고 뛰어내렸다. 나의 점프 순간을 번지점프 업체에서 다각도로 촬영해 준 파일도 추가 비용을 내고 사 왔다. 혼자 여행 가면 나를 찍어줄 사람은 나뿐이다. 멋진 풍경을 배경으로 걸어가는 나를 촬영하려고 카메라를 저 멀리 설치하고 출발점으로 되돌아간다. 그러곤 카메라를 의식하지 않으려 애쓰며 걷는다. 카메라를 무심히 지나쳐 가는 것이 포인트다. 여행 중 몸이 힘들면 제일 먼저 버리고 싶고 가져온 걸 후회하는 것이 카메라다. 무겁다는 치명적인 단점, 언제 어디서나 짐 보관에 유의해야 하는 신경 쓰임, '내가 왜 놀러 와서도 아무도 안 시킨 일을 하느라 잔잔한 스트레스를 받는가' 하는 현타. 경험으로 배웠는데도 매번 같은 행동을 반복하는 인간이 바로 나다. 지금도 여행을 떠날 때면 카메라부터 챙긴다.

넷플릭스를 가만히 볼 수가 없다. 친구와 넷플릭스에 올라온 〈블랙 미러〉 시리즈 중 한 편을 같이 봤다. 재밌고 무섭고 이야기의 전개 속도감이나 과감함이 엄청나다는 말보다도 "저기는 제작비가 얼마나 많으면 저 앵글이 가능하냐", "단 몇 분 사이에 CG가 줄줄이네" 화면에서 느껴지는 부내를 부러워하는 감탄을 더 많이 연발했다.

친구들 만나면 "우리야말로 유튜브 해야 된다"는 말

을 달고 산다. 우리 얼른 같이 유튜브 하자, 말만 하지 말고 이번에는 좀 진짜로 해보자고. 우리는 처음부터 끝까지 다 할 줄 아는데 우리가 진정한 크리에이터 아니냐? MCN은 우리 안 데려가고 뭐 하냐, 저렇게 막 찍고 막 편집했는데 조회수가 터지면 우리 분통도 터진다, 유튜브의 세계는 알다가도 모르겠다는 얘기도 덧붙인다.

일상생활 속 모든 것이 미래에 내가 만들(지 않을 수도 있는) 영상의 아이템 후보군이 된다. 책을 읽다가 매력적인 실존 인물을 접하면 언젠가 인터뷰를 꼭 해보고 싶다. 질문은 아직 못 정했지만. 〈다큐멘터리 3일〉처럼 며칠쯤 따라다니면서 그 사람에 대해 더 많이 알아가는 기회를 얻고 싶다. 매력적인 배우, 가수, 방송인을 보면 언젠가 나의 프로그램에도 출연시켜서 덕을 좀 보고 싶기도 하다.

프로그램 엔딩 크레딧에 나오는 제작진 이름과 참여 업체, 협찬사를 꼼꼼히 본다. 재미가 있어서 보는 건 아닌데, 나 혼자만의 의리 같은 게 있는지 챙겨 보게 된다. 자주 눈에 띄는 이름들이 있다. 예를 들어, tvN의 인기 프로그램에는 35mm, 시네드론이라는 촬영 외주 업체가 자주 등장한다. 그리고 예쁘긴 한데 실제로는 무지 비싸고 엄청 무겁다는 식기 업체 오덴세는 tvN의 웬만한 요리 관련 프로그램에는 다 나오는 것 같다. 크레딧 조연출란에 이름이 하나밖에 없으면 너무 안타깝다. 반면 조연출만 10명 가까이 쓰여 있으면 막내끼리 으쌰으쌰 해서 재미있었겠다 싶다. 부럽기도 하고. 그렇다. 나는 몇 년이 지났는데도 여전히 조연출 과몰입 중이다.

#그때는 미처 몰랐고 지금은 아쉽다

제일 먼저 수강 신청한 과목 : '영상언어실습', '영상이미지와 현대사회', '영화로 읽는 사회, 인생 그리고 사랑', 'TV 드라마 기획세미나', '문화트렌드 읽기' 이 수업들의 수강 신청은 피켓팅에 가까웠다!

미룰 수 있을 때까지 미뤘다가 수강 신청한 과목 : '미디어 독서와 토론', '논증과 비판', '시사 이슈 분석 및 해설', '미디어 비평' 그리고 각종 기초 이론 강의. 이렇게 널널한 수강 신청이 있을 수 있다니!

과목 선호도에서 드러나는, 너무나도 투명한 글쓰기 기피증. 개설된 강의 중에서 유독 리포트를 쓰는 과제가 많은 수업이 여럿 있었는데 하필 또 전공 필수였다. 졸업을 위한 130학점을 채우려면 피할 수 없는 필수 과목.

피할 수 없다면 즐기라지만 당시에는 그저 고통뿐이었던 전공 필수.

최고난도 수업은 매주 한 권의 책을 읽고 최소 다섯 장 분량의 리포트를 써서 토론해야 했다. 학기 내내 책을 달고 살아야 하는 것부터 쉽지 않은 일이었다. 책의 분량과 난이도도 천차만별이었다. 책을 다 읽으면 더 큰 산이 남아있었다. 쓰기였다. 내 생각을 글로 옮기는 것인데도 턱, 턱 막히기 일쑤였다. 그동안 보고 들은 것은 많았는데 기록하지 않았고, '내 것'으로 소화하고 몸으로 익히는 것을 게을리했기 때문이었다. 그 이후로 졸업 전까지 수많은 리포트를 제출했는데도 글쓰기는 끝까지 힘들었고 지금도 마찬가지다.

글을 더 많이 써보고 고쳐봤으면 좋았을 것이다. 확신한다. 졸업과 동시에 써야 했던 자기소개서 작성에 필요했기 때문만이 아니다. 혼자 일할 때는 내 생각일지라도 잊어버리기 일쑤니 글로 잘 정리해두면 훨씬 좋다. 남들과 같이 일할 때는 기획안, 구성안, 대본, 콘티, 요청서 등 분명하고 명확하게 글로 써서 오해 없이 공유해야 하는 것이 넘친다.

촬영에 필요한 출연자나 장소를 섭외할 때에도 글쓰기 능력이 필요하다. 나는 무얼 하는 사람이고, 우리가 카메라를 가져가서 어떤 것을 찍을 것이며 당신 또는 당신의 공간이 왜 필요한지, 우리에게 도움을 주면 상대는 어떤 이득을 볼 수 있는지 설득하고 증명하는 글을 써야 한다.

사실 피디는 촬영과 편집을 잘할 필요가 하나도 없다. 카메라 감독, 편집 감독, 그리고 수많은 전문 외주 제작사가 따로 있기 때문이다. 기술적으로는 컷 편집 정도만 할 줄 알아도 충분하다. 연출 방향에 대한 큰 흐름을 본인이 이해하고 이를 말과 글로 다른 사람에게 정확하게 표현할 수 있으면 된다.(언론고시에서 논술과 작문 시험을 보는 이유가 여기에 있었다!)

남들에게 내 작업의 결과물을 소개할 때도 글쓰기 실력이 필요하다. 같이 일했던 언니가 말했다. "거짓말은 안 되는 데 과장은 괜찮아." 만듦새가 조금 부족하더라도 포장을 잘해 주면 훌륭한 포트폴리오가 된다. 이때도 '글빨'이 중요하다.

대학생일 때 복수 전공 붐이 일었다. 복수 전공을 하는 것이 유행을 넘어선 필수에 가까웠다. 경영학이 특히 인기였다. 다른 학문을 공부하고 싶은 학구열에 복전생(복수전공생)이 되는 것이라면야 같은 시간에 하나 더 배우니까 여러모로 이득일 테다. 하지만 나는 '하나라도 더 배웠다고 해야 취업에 유리할 것 같다'는 이유만으로 복전생이 되고 싶은 마음은 없었다. 지금 하고 있는 것 하나라도 잘 끝내자는 주의였다. 복전생의 빡센 대학 생활을 감당할 용기도 없었다. 복전하는 친구들의 다크 서클을 난 똑똑히 보았다. 그래서 나의 졸업장에는 방송영상학 심화전공이 박혀 있다.

하지만 사회학이나 어문학을 더 공부했으면 좋았겠다는 아쉬움이 크게 남는다. 전공 수업에서도 각종 미디어 매체를 비판적으로 보는 시각을 기를 기회는 있었다. 그러나 사람과 사회 전반을 살피며 시야를 넓히는 공부, 꾸준한 훈련은 사회학에서 더 집중해서 할 수 있었을 것 같다. 또한, 영어 외의 외국어를 배웠다면 내가 보고 즐길 수 있는 분야의 폭이 넓어졌을 것이 분명하므로 그것 또한 미련이 남는다.

각종 제작 기술을 익힐 수 있는 실습수업 수강과 대외활동 참여에 집중했던 시간을 조금만 줄여도 좋았겠다. 읽고 쓰는 데 시간을 많이 투자할 것을 그랬다. 도서관에서 시험공부만 하지 말고 '독서의 기쁨'을 느껴보는 경험도 해보았다면 분명히 도움이 되었을 것이다. 학교 밖에서도 영상 일만 하지 말고 다른 분야도 기웃거려봤으면 어땠을까.

영상 기획자는 얕고 넓은 지식을 꾸준히 축적해 두었다가 새 프로젝트를 맡았을 때 꺼내어 쓸 수 있어야 한다. 곳간이 풍요로워야 한다. 그간 성실하게 모아 온 이야기 재료들을 영상으로 풀어내는 것이 기획자의 역량이다.

학생 때부터 좀 할걸. 교수님, 그때 좀 알려주시지 그랬어요! 할 수도 없는 노릇이다. 결국 다 지나고서야 깨닫는다. 그때는 미처 몰랐고 지금은 아쉬운 것들.

#수박을 살 수 있다

어울림 마트 입구에 진열된 초록의 둥근 형체에 영점 조준하고 걸어가는 나의 발걸음은 사뭇 비장하다. 분명히 보이긴 하는데, 정확한 크기와 가격을 확인할 수 없는 거리이기 때문이다. 내가 사려는 저 수박이 과연 당도가 높을지, 끙끙대더라도 집까지 가져갈 수 있을 만한 몸집일지, 그리고 오늘은 대체 얼마일지.

여름 초입에 나온 수박을 살 때는 당도가 걱정이었다. 달지 않은 수박은 내가 싫어하는 오이 맛이 난다. 빨간 버전의 오이랄까. 무거워서 끙끙대며 집에 가져갔는데 맛이 없으면 얼마나 속상한가. 달리 방도가 없는 자연의 섭리에 속상해할 수밖에 없다. 나는 마트 아저씨께 몇 번이고 내가 바라는 답을 얻으려 애썼다. 진짜 단 수박 맞죠? 진짜가 아니라도 아저씨도 어쩔 도리가 없긴 하시겠지만, 악의도 없으시겠지만, 그래도 진짜 진짜로 진짜여야 해요!

반면 절정의 여름에는 수박의 당도보다 가격이 문제다. 6월 중순에 만원 초반대에서 시작한 수박값은 7월을 넘어가며 2만 원까지 치솟는다.(집 앞 슈퍼마켓보다 지하철역 근처의 대형 체인 마트에서 더 큰 수박을 약간 더 싼 가격에 팔지만 집까지 들고 가는 고통의 시간이 길어서 집 앞에서 산다) 2만 원이라는 가격에 흠칫 놀라긴 하지만, 그래도 나는 쉽게 지갑을 연다. '우리 가족 다 같이 먹는 거니까', '냉장 보관해서 3일 넘게도 먹으니까' 하면서 n분의 1을 해 보면 셈이 꽤 괜찮다. 게다가 먹을 때는 세상에서 제일 행복한 사람이 되어도 다음날 피부 뽀루지, 장 트러블 등의 후폭풍이 거센 치킨이 2만 원 가까이 하는 것을 고려할 때. 수박은 같은 값에 훨씬 유익하다.

짧은 시간에 치열한 고민을 거쳐 내게 주어진 7~8kg의 수박. 잠시 후 우리 식구에게 선물이 될 수박은 노랑, 파랑, 초록의 색 끈이 예술적으로 매듭지어진 바구니에 살포시 안긴다. 끈 때문에 손이 아프지 않도록 부착된 초록색 고무 손잡이는 슈퍼 사장님 센스의 결정체다. 집으로 배달해드릴까요? 친절한 제안을 아뇨, 괜찮아요,

집 가까워요! 씩씩하게 거절한다. 팔이 떨어질 것처럼 무거워도 내가 집에 올려다 놔야 임무를 제대로 완수한 기분이 든다.

"아빠! 어떤 것 같어! 실해?" "어! 맛있네!" 수박을 쪼개고 잘게 썰어서 통에 넣는 건 아빠 담당이다. 첫 수박 맛을 보는 사람도 아빠(기미 상궁)다. 찬 음식을 피하는 엄마도 수박은 "이야~ 무지 시원하네 이거!" 하면서 잘 드신다. 옆에서 수박씨를 바르며 흐뭇한 나. 그래, 이거지. 이러려고 돈 벌지, 내가.

하루하루 집-회사 왕복을 반복하면 한 달이 순식간에 지나고 월급날이 온다. 입금된 월급에 대해 반가움과 기쁨도 별로 없다. 돈은 다음날 바로 카드값으로 빠져나간다. 나는 그걸 가만히 바라볼 뿐이다. 다음 달은 속절없이 시작된다. 그리고 내가 목적 없이, 초심 없이, 맥락을 잃고 일하고 있다는 걸 서서히 깨닫는다. 일은 왜 하는지, 돈은 왜 버냐는 물음에 뚜렷한 답이 생각나지 않는다. 돈이 안 들어가는 구석이 없는 자본주의 사회니까 경제활동이 가능한 나이와 신체 조건을 가졌으면 당연히 하는 게 돈벌이인가. 나는 그걸 따를 뿐이고? 일한 만큼, 내 능력만큼 정당하게 챙겨 받자고 습관처럼, 자기암

시처럼 말하곤 하지만 과연 얼마를 벌어야 만족할 수 있을지에 대해서는 물음표가 난무한다. 내 또래지만 직군이 다르고 회사의 규모가 달라서 내 월급의 두 배 이상을 버는 사람들을 볼 때면 생각이 더 복잡해진다. 나 지금 잘살고 있나? 이대로 쭉 가도 되나? 회사를 옮겨야 하나? 직군을 아예 바꿔야 하나? 그럼 다시 신입인데, 연봉은 어쩌지? 별의별 고민이 시작된다.

그러던 와중에 수박 한 통 사서 퇴근하는 시간이 내게 번뜩! 하고 선물해 준 환기의 시간. 어쨌거나 돈 벌수 있어서 다행이다. 나, 이번 달도, 오늘도 잘했다. 한가지 더. 수박값 2만 원을 무리 없이 낼 수 있을 정도의 벌이면 나는 나를 행복하게 만들 수 있구나. 대기업 연봉 얘기를 들으면서 슬며시 비교하는 내 연봉은 초라하고, 격차는 점점 더 커질 것만 같다. 또, 내가 생각하는 진정한 경제적 자유는 원하는 일만, 원하는 시간에만, 원하는 만큼만 일해도 먹고 사는 데 지장이 없는 것인데 과연 이룰 수 있을지 의문스럽다. 하지만 수박을 먹으며 하루를 마무리하는 저녁에, 나는 생각을 고쳐본다. 매일 성실하고 정직하게 살아서 얻은 것으로 사랑하는 사람들과 행복한 저녁을, 여름의 치열한 더위를 식힐 시간을 보낼 수 있는 지금이 만족스럽다고. 이런 즐거움을 누릴 자유를 얻을 수 있을 정도를 원한다면 마음 불편할 필요가 없다고.

　온몸이 땀으로 뒤덮이고 마스크 때문에 숨쉬기도 어려워 생각까지 마비되는 것 같은 여름날의 수박은 매번 무척 달콤했다. 감사하게도.

#야간비행

생텍쥐페리의 《야간비행》을 떠올린다.

　봄밤의 야간비행을 상상해본다. 구름 위 고도에서도
추위는 완전히 사라지지 않았지만 새싹 내음이 묻어나
는 공기를 느낄 수 있을까. 조종사는 아마 노래 〈봄날〉을
흥얼거릴 것이다. 어떤 계절도 영원할 수는 없으니까.

　여름밤의 야간비행을 그려본다. 조종사는 여름 하복
을 입었을까. 여전히 동복 차림일까. 후텁지근한 지상의
공기를 얼른 맡고 싶을까. 당장 눈앞에 펼쳐진 장마 비
구름이 혹시나 미처 확인하지 못한 태풍일지 몰라서 두
려울까.
　가을밤의 야간비행을 설계해본다. 높아진 하늘에 더

넓어진 조종사의 세계에 만족하며 콧노래를 부르며 하늘을 날고 있을 것이다. 조종사가 가장 좋아하는 계절이 곁에 오래도록 머무르길, 비행길의 벗이 되어주길 바랄 것이다.

겨울밤의 야간비행을 조종사는 기다렸을 것이다. 하얀 눈이 땅을 뒤덮은 풍경. 차갑지만 평화로운 겨울 공기. 조종사의 콧속으로 들어와 정수리에 닿아 정신을 번쩍 깨우는 날카로움이 짜릿하리만큼 반가울 것이다.

조종사는 우편을 실어 나를 생각이 없다. 조종사는 밤하늘의 별빛을 바라본다. 조종사는 시리우스를 향해 떠오른다.

조종사는 나다.

#The_last_scene

제목 :

개봉일 : 미개봉, 감독 소장

각본/감독: 임솔이

출연 : 임솔이(주연), 임솔이(조연), 임솔이(엑스트라) 그리고 사람들

S#. 629. 오전 1시 52분,
뉴질랜드 테카포 마운트 존 천문대

별이 빼곡히 박힌 밤하늘. 쏟아질 것 같은 은하수.

천문대 돔 천장 걸치고, 손전등을 들고 홀로 천문대
로 올라오는 여자 모습 E.L.S.

여자는 천문대 마당 중앙으로 다가가고, 입고 있던 두껍고 긴 겨울 점퍼 차림 그대로 눕는다.

딸깍-, 손전등 꺼지는 소리 잠시, 완전한 어둠이 찾아온 천문대 E.L.S.

추위에 얼어붙은 여자의 얼굴 부감 C.U.

고요 속에서 "쿨쩍-" 콧물 한 번 살짝 들이키고, "후하-" 날숨 한 번 크게 내쉰다.

눈을 질끈 감았다가 천천히 살며시 뜨는 여자의 눈, 그 안에 담긴 시리우스 E.C.U.

V.O. "좋네",

페이드아웃.

-끝. THE END-

연출자의 메모: 촬영일이 6~9월일 경우 몽골 테를지 국립공원으로 장소 변경 예정입니다. 한국의 대기환경이 좋아진다면 해외 로케이션은 하지 않을 것이고요! 629신까지 함께한 모든 배우와 스태프 여러분께 감사드립니다. 고생과 수고 많으셨습니다, 우리 서로 축하합시다. 언제 끝나나 했는데, 드디어 끝이 나네요!

끝인사

안녕하세요. 임솔이입니다.

《계속할까말까할까말까영상》은 2021년 3월에 독립
출판물로 만들었던 책입니다. 평소 동네 책방과 독립출
판물에 관심이 많았던 저는 '나도 한번 해 봐?' 하는 생각
으로 4주에 책 한 권 만들기에 도전했습니다.

약 3주간 매일 새벽에 일어나 콤부차 한 잔을 마시고
글을 쓰기 시작했습니다. 글감은 약 10년 치 다이어리를
다시 읽어보고, 공부하고 일하며 남긴 노트와 서류들을
들추며 찾았고요. 눈에 초점이 안 맞을 때 쯤에야 마무
리했습니다. 인디자인 원데이 클래스 수업을 듣고 책의
표지와 내지를 만들었고, 인쇄 견적을 받기 위해 을지로

인쇄골목을 돌아다녔지요. 설레는 마음이 커서 힘든 줄도 몰랐던 때입니다.

동네 책방 여러 곳에 책을 입고했는데, 한 권, 두 권씩 책이 인연을 만나 떠나갔다는 소식을 들으면 정말이지 기뻤습니다. 아주 개인적이고 사소한 경험과 고민을 담았지만 분명 저와 같은 상황에 놓인 분들이 계실 거라고 생각했거든요. 이 책을 들춰본 분은 어떤 속앓이를 하고 계신지 듣고 싶었습니다. 그리고 혼자가 아니니 외로워 말자, 쉬어가도 좋다, 방황을 두려워 말자와 같은 응원을 살며시 건넬 수 있기를 바랐습니다. 저는 어떤 답을 구했는지 알려드리고 싶은 마음도 들었고요.

빈빈책방을 통해 책이 새단장을 했습니다. 더 많은 분과 만날 기회가 생겨 참 설렙니다. 취미로 시작한 일이 이렇게도 이어지는구나 싶어 신기하기도 합니다. 조금 더 잘 쓸 걸 싶지만 당시의 제가 할 수 있는 최선을 다해서 만들었으니 후회는 없습니다.

무슨 일을 하고 계시든, '이 일을 계속 할까? 말까?' 생각의 늪에 빠지셨다면 아무 종이 한 장을 꺼내고 펜을 들어 복잡한 머릿속을 글쓰기로 풀어보시길 바랍니다.

휴대전화 메모앱도 아주 좋고요. 나의 수고, 여러분의 수고를 알아봐주는 시간은 꼭 필요한 것 같거든요. 제 경험에 의하면 큰 도움이 되고요. 어떤 답을 찾으시든 수많은 고민 끝에 내린 최선의 결정일 테니 스스로를 믿고 토닥여 주자고요!

이 책에 마음을 열어주신 모든 분께 감사드립니다.

들숨에 몸과 정신의 건강을, 날숨에 재력을 얻으세요!